GAEA

GAEA

案簿錄・浮生 卷六
深井
いどのなか。
護玄——著

深井

案簿錄・浮生 卷六

目錄

人物介紹

虞因 浮生工作室

擁有陰陽眼的社會新鮮人，有些愛玩，但對需要幫助的人很友善。厭惡沒道理的事情。

言東風 浮生工作室

圖形、記憶、分析能力極強。說話毒，但很珍惜身邊的人。喜歡安靜、雕塑，厭惡太吵的人。

少荻聿 浮生工作室

語文、閱讀、記憶能力強。沉默寡言，不太與人往來。喜愛甜點、烹飪。厭惡豌豆。

方曉海
阿方的妹妹，性格暴烈衝動，但對好人非常和善。喜歡飲料、冰涼食物，厭惡各種賤人。
阿方
阿因朋友，很會照顧人，平日溫和，但觸犯到禁忌會立刻變凶狠。喜愛運動，厭惡白目的人。
一太
看似隨和，經常掛著笑，卻讓人猜不透在想什麼，行事俐落果斷，有時隨心所欲。
李臨玥
阿因青梅竹馬，美麗也有腦袋、主見。喜歡換男友、購物，厭惡不乾不脆的人。

人物介紹

虞佟

阿因大爸。隸屬刑事組行政單位。
溫和穩重且有禮的娃娃臉熟齡男子。
喜歡家人，厭惡傷害家庭的人。

虞夏

阿因二爸。刑事小隊長。
個性暴躁，拳腳功夫了得。喜歡打
擊犯罪，厭惡靠關係的混蛋。

玖深

隸屬鑑識科。
有點慌慌張張，在自身專業上認真仔細。
喜歡熱鬧玩耍，恐懼不科學的東西。

黎子泓
檢察官；東風學長。
認真溫和，看似嚴肅實則懂變通。
喜歡各種遊戲，單機為主。
嚴司
法醫。表面玩鬧人生，對身邊的人卻很好。喜歡講幹話、美食、八卦。
小伍
刑警。熱血小警察。
喜歡懲奸除惡和女友，
厭惡愛靠杯的犯人。

好痛啊……

「他」在黑暗中緩緩睜開眼。

潮濕帶著腐臭味的空氣不斷鑽入鼻腔，身下傳來的是軟爛泥濘與砂石刺入皮膚的疼痛。

半密閉空間裡，沉積在底部的陰冷化爲利爪，一下一下、不斷切割著他。

無法識別面目的線條在身邊勾畫出詭異的姿態形狀。

殺死……

他要殺死……

他要殺光所有人……

「哈哈……」

「哈哈哈哈哈……」

1

哐！

車廂內猛地一個劇烈搖晃，帶來的驚人力道讓幾名昏昏沉沉的乘客被硬生生晃醒，迷迷糊糊地舉起手機探看時間。

有的人則是被哐的慘烈聲音吸引注意力，聽起來就是有人睡到撞窗，感覺很痛，可惜對方的位置不在視線範圍內，只能臆測倒楣鬼正在揉腦袋的模樣。

與其他座位稍微探出頭的乘客們不同，同排座位的人們倒是將方才那一幕看得很清楚。

並且各自面有難言異色。

簡單地說，就是想笑但不好意思噴笑，畢竟人家撞窗這麼倒楣了，真的笑出來似乎有點不太人道。

「……你可以選擇笑出來。」

阿方看著同行夥伴快速摀臉轉開的模樣，不知道該講什麼，畢竟他們的位置超級清楚地把剛剛一頭撞在窗戶上的畫面全收眼中，他本身則是被那一下巨響驚愕到，反倒蓋過瞬間的笑意，驚訝完，笑意也差不多消失了。

一太擺擺手，轉過來時已秒恢復正經狀態，一點都看不出這人剛剛被逗樂。

阿方對友人的變臉速度感到無語。

他們現在正在火車上。

前幾天他的朋友兼合夥人突然說「出去玩吧」，接著掏出訂好的車票，連號含便當還有景點攻略地圖。

因著多年的認識，阿方並沒有追問突如其來的放飛行動又是爲什麼，畢竟這些年時不時就會發生幾次，最遠是直接被丟上飛機航向未知的城市，總之上了火車就知道——果然很快就知道了呢，幾站後，一邊對車位號一邊走過來的青年不經意瞥見他們，愕然瞠大眼睛，活像看見十大世界不可思議，或者說看見某種恐怖的東西。

「好巧啊。」一太面帶微笑朝對方友善地揮揮手。

「呃……好巧，眞的好巧。」揹著背包的玖深懷疑地看著兩人的座位和自己的座位號。

好的，就隔了一條走道，不知道的人還以為他們是一起出遊的呢！

明明他是先返家然後從老家出發的啊！為什麼會這麼精準地坐在他旁邊！

啊不也不算旁邊，他靠窗，他們中間還隔著其他乘客與走道。

雖然在內心瘋狂咆哮爬行奔跑，但玖深臉上依舊維持成年人該有的鎮定與冷靜，並沒有多此一舉地問對方怎麼知道他在這裡，反正得到的答案肯定會是「突然有這種感覺」之類的異次元謎樣電波。

這種電波跟虞因的新世界一樣無解。

在火車上意外看見小朋友們出現也不妨礙玖深在猶豫間吃掉了鐵路便當、不知不覺打起瞌睡，接著在火車猛地過彎剎那，被作用力毫無防備地一頭甩到玻璃上，撞出驚天巨響，硬是活活痛醒。

坐在靠走道位子的是個陌生的年輕女性乘客，栗色挑染的長髮紮成漂亮的髮辮，可能是怕躺下去睡覺會壓到造型，一直沒有將後腦勺靠向椅背；她原本正盯著手機上的韓劇，被青年用腦殼撞玻璃的聲音嚇了一跳，把視線從帥氣的歐巴移向隔壁的他，目光中除了驚愕還有擔憂，大概是七分擔心玻璃撞破、三分擔心腦門撞破之類的情緒。

「……你沒事吧？」女乘客關懷地掏出百靈油。

「沒、沒事。」玖深摀住差點裂開的腦袋，謝絕對方的好意，默默取出老媽幫他準備的藥膏。

嗚，可能腫了。

爲什麼普悠瑪會這麼晃？

剛剛那個彎是眞實的嗎？

這年頭搭火車也需要繫安全帶了嗎！

手機震動，是隔了一條走道的青年們詢問他有沒有事，需不需要幫忙。

玖深含淚回應一切安好，自行用藥膏往略腫的右額揉揉。雖然離目的地還有一段距離，但睡是睡不著了，就算睡著也怕又撞一次，萬一越撞越腫就糟糕了。

收好藥膏，玖深抱著悲傷的心和隱隱作痛的腦翻出平板，先打開群組，看見虞因他們的大群組依然熱熱鬧鬧，然後是嚴司的99+，工作上多多少少有些留言，還有家人問他到哪裡了、記得報平安云云。一一快速解決完工作上的所有問題和報平安後，他才點開朋友們的訊息或群組，有標他的留言多半是發現什麼好吃的，等他回來可以去嘗試。

接著是黎子泓發來的詢問：到目的地了嗎？

對話是十分鐘前傳送，很簡潔，也很有檢座平日的風格。

玖深連忙回答還沒。

他這次長假，大部分人只知道他返鄉探親，唯有黎子泓和阿柳知道他另一個目的地，以及確切車班。

但上午從老家出發前因爲有人家裡的鵝跑了，去幫忙抓爆炸凶的鵝耽擱了一點時間，不得不臨時更改火車班次，因此實際搭乘的並非黎子泓所知的那班，這也是爲何他在火車上看見一太兩人時會這麼吃驚，然而又覺得他們這個操作好像不算意外。

被兩個突然現身的熟人驚嚇到，他在恍惚中吃飽後忘記告知黎子泓和阿柳換過車班的事，趕緊分別向兩人補充，順便告知到達目的地的時間會很晚。

阿柳立刻傳訊息過來，叫他小心安全，最好在民宿待好待滿，等明日黎子泓到再說。

對的，此趟旅行這位檢察官友人也會來，同樣利用私人休假，「好巧不巧」與某法醫錯開，問不出前室友放假要去哪裡的法醫正在模擬陰暗生物。對此，某位檢察官祭出要和山友去爬小山的說法搪塞他，也不知道對方有沒有相信。

但不管如何，玖深規劃出行時眼皮直跳，轉頭強烈拜託黎子泓等人千萬不要告訴嚴司，他並不想橫的回來。

總覺得旅途多了阿司，壽命會變很短呢！

玖深在心中感嘆幾秒自己這兩年來不知道怎麼存活下來的，短暫祈禱過後手指接著抖抖地點開那個99+，果不其然看見一堆可怕的發言，包括問他偷跑去哪裡玩了、逃得這麼遠是不是外面有藏人……看來老媽已經告訴對方他今日離開家的事情了呢。

所以說，爲什麼魔鬼會在他老家的大群組裡面呢！

幸好他只跟老媽說要去拜訪其他朋友，並沒有說確實在哪裡！要找過來也得花時間！

最好是不要找過來啦……

「你還好吧？」盯著手機的女乘客實在無法忽視旁邊傳來的憂傷氣息，於是又把視線從歐巴臉上挪開，人很好地開口詢問鄰居，並遞出一盒餅乾棒。「心情不好時吃點甜的。」雖然不知道這位看著滿帥的大哥……還是弟弟，吃不吃甜的，總之先問了。

「謝謝。」玖深不好意思二度拒絕女孩的善意，趕緊從背包裡掏出老母的愛，把漂亮的橘子回遞給對方，順便隔空拋給阿方兩人。

女乘客道謝，還眞的悠哉剝起橘子繼續看劇集，沒一會兒周圍飄散一股橘子的氣味。

這橘子是近年改良的新品種，雖然比較小顆但酸甜適中還汁多皮薄，剝開後特有的清香非常濃郁，一個沒注意會連吃好幾顆。他家親戚有一大片果園，聽說他返家便摘了很大筐過來，這兩天玖深都在橘子堆裡度過。

隨後玖深猛然意識到，好像應該要掏氣味較不重的水果，果然下秒附近就有人嘔一聲衝去廁所爆漿。

「……」

人生。

早死晚死都是死。

沒想到吐完回來的乘客問他可不可以買橘子，玖深一頭霧水地送對方幾顆，反正阿母在他的背包裡面塞滿滿一堆，他從出家門開始就好像在負重訓練，如果不是知道他還有另外行程，可能連行李箱都會被塞滿。

手機又是一震，隔條走道的鄰居傳來訊息。

一太：橘子很好吃:)

……

所以應該再繼續餵食小朋友嗎？

玖深默默又傳了很多橘子出去，把沉重的背包清一清，同時受益的女乘客繼續愉快地剝橘子，並且加碼回贈他一大塊桂花鬆糕。

剛剛爆漿的乘客再度來買橘子，不得不說這種小橘子容易越吃越涮嘴。

一時之間車廂滿滿橘氣。

於是在到達目的地的同時，他背包裡的橘子達到完美清空。

下車後，玖深看著兩名青年完全不出意料地與他同目的地，有點不抱希望地詢問。

「你們來這邊玩嗎？」

「嗯，我們要去附近一些景點，還有知名瀑布。」阿方看著手邊做好的景點攻略，順便報了民宿名稱，「幼溪村的民宿。」

「……」眞巧呢。

玖深抹把臉。

「我住在你們民宿隔壁的民宿。」而且兩間主人是同一人，只是分了一、二館。

「好巧。」一太彎起柔和的微笑。

「是，眞的很巧。」玖深已經不知道該說什麼了。到底是什麼樣的直覺可以直接出現在他身邊？他不懂，但覺得這直覺往可怕的超·不科學方向進化。

難道以後可以朝對方擲筊了嗎？

正在思維飄散，玖深突然看見不遠處有個十五、六歲的少年舉著手機朝他們跑來，靠近一看才發現手機上的是相片，小孩子拿著相片對照人臉。

「你們好，是知岷哥的朋友對吧！」少年確認來人無誤，收好手機露齒爽朗一笑，略微黝黑的皮膚更凸顯他年輕陽光、熱情活力的印象。「我叫周彥喆，來接你們去民宿。」

「……你好高啊。」玖深稍微比劃，確認對方真的直逼他的高度，小朋友雖然擁有一張未成年的臉，卻手長腳長、身體健壯，感覺之後會再長一波，真是可怕的青少年。

少年咧嘴笑得更開心了，「大家都這麼講，我爸快一百九了，村頭尾沒幾個人高過他，聽說我祖父也超級高，去天堂時棺材還必須請人特製。」說著，彎腰想幫三人提行李，馬上遭到其他人拒絕。

幾個人都是成年人，當然不會讓小孩幫他們扛行李。

「等等，所以……」擋住少年熱情的手，玖深才從剛剛的話裡察覺不對。「你們兩個也認識葉知岷？」

「算是因緣際會吧，我們碰巧認識葉先生一位算是他表弟的朋友。先前去密室遊玩後正好在車隊裡閒談心得，一討論才知道原來裡頭有他的親戚，對方當時解釋了兩句密室原型與住在這邊的遠親。」一太噙著笑意，面對眼前鑑識人員一臉的震驚，悠悠哉哉地表示：「世界挺小呢，沒想到居然會有這份淵源。」

「……」玖深啞口無言，這個曲折說不出來地離奇，但又很理所當然。

總之，所有的起源來自於密室。

前陣子虞因被牽扯涉入的舊宅庭園命案裡，凶手使用的人偶裝經過調查，聯繫到一家密室公司，整個案件結束後密室公司送來招待券。當時虞因和嚴司各得到不少，虞因手裡的分發給包括一太、阿方在內較親近的友人，而玖深則是倒楣地被嚴司硬拖出來，幸好最後沒有眞的進入密室，否則他可能那天就嚇死了。

回歸正題。

恐怖密室的主題叫作「深井」。

顧名思義，核心事發點是一口深井，密室事件與靈異事故等等便是圍繞著這口深度達三層樓的井展開。

特別之處是這個密室遊戲由眞人實事改編。

原型事件來自於密室公司老闆的朋友——葉知岷。

玖深因爲發現遊戲提供的老照片不對勁，莫名與對方加上Line好友，後續葉知岷將原型事件與相關照片資料寄了一份給他。

就是因爲看完這些資料，玖深才在極度害怕下，依然選擇走這趟幼溪村，深井的原點。

並且也是他的起點。

——應該說，是他起點的附近。

抓緊背包的肩帶，玖深打起精神看著與記憶裡稍微有些落差的車站，雖然依舊是座山城小站，但來往人潮與攤販增加不少，車站經歷過修繕變得嶄新；大概得歸功這兩年周遭幾個村莊小鎮對景點的宣傳與開發有成，即使非假日，依然出現一批批端著手機查找目的地的旅客，仔細一看，甚至連外國面孔都有。

周彥喆帶著三人往停車場走，傍晚的天空下停著一輛稍舊的九人座，貼著「景楓觀光」及兩、三家民宿小貼紙的車輛看起來有點年紀，不過保養得相當好。

「通盛叔，人都到了～」少年遠遠就開始揮手。

九人座的駕駛位跳下同樣皮膚黝黑的中年人，看上去忠厚、不太健談的模樣，靦腆客氣地接過幾人的行李箱、背包，接著安置到後車箱。

這時玖深有點尷尬了，他箱子裡被塞了好多老家的乾貨土產，頗具重量，與只裝有衣物的一太兩人不同，不過幸好中年人似乎沒被重量爲難，很輕易就搬上去。

三人被招呼上車，各自被塞了冰涼的礦泉水。

「方大哥，明天早上通盛叔會載你們去附近有名的幾個點。」周彥喆先簡單說明了一太兩人的行程，他們在訂民宿時登記了觀光套組，有兩條本地人帶路的祕境導覽，接著他啊了聲：「你們都認識、也玩過密室，要不要……」

前方的沉默司機突然咳了聲，從後照鏡看了眼少年。

周彥喆聳聳肩，偏過臉，背著司機對幾人做出口形：晚點說。

直覺到少年可能原先想聊關於密室原型那口井的事，但被大人打斷，玖深想起從葉知岷那邊收到的資料。

說起來也很有趣，他與對方完全沒有見過面，不知出於什麼心態，自從在密室遊戲提供的照片中看出問題後，葉知岷和他聊了幾次，不設防地一股腦把那些燙手的傳說與照片、古井祕聞全都打包寄過來——

造成玖深失眠一週，其中有五天是被嚇到不敢睡，日日一臉斷氣貌上班，另外兩天則是懷念舊事，最後不得不寄住到阿柳家思考人生。

最後他還決定過來，連阿柳都不得不講一句「你是M嗎」？

可惡。

當然不是！

玖深看著窗外景色在黑暗中向後倒退飛逝，下意識感到有點抖，覺得九人座開向的終點不是民宿而是他生命的斷絕地。

這個決定是正確的嗎？

「玖深哥……」

「！」

突然被喊了聲，正在沉思的玖深整個彈了下，驚悚回頭，剛好對上一張似笑非笑、又帶了些許無辜神情的臉。

「你要不要喝點水。」一太用指尖點點青年未開的礦泉水，退去冰涼的瓶身垂滿大大小小的水珠，正順著手往下滴落。「放鬆心情會比較容易入眠，如果你有需要，也可以來我們這邊休息，我們訂的是加大房間。」

阿方看了眼友人。

當時在訂房頁面，這傢伙毫不猶豫訂掉民宿頂樓整層的家庭景觀房，內含兩房一廳附帶大露台，且兩房皆含兩張加大雙人床，客廳裡的沙發還可以展開成沙發床，眞要塞的話，他們房間至少可以塞八個人進去。本來還在想訂這麼大的房間幹嘛，看來是電波作祟啊。

「可、可以嗎？」玖深猛然反應過來今晚他是一個人睡，而且還在那口不知道有沒有不科學生物的井附近啊啊啊啊啊啊啊！

規劃行程時沒想到，訂房間沒想到，離開老家沒想到，現在被人講完才驚覺，爲時已晚！

不得不說一太提出這個邀請，在這種情境下非常讓人心動啊！

最後在周彥喆的幫忙下，玖深順利獲得併房拯救，不過原本訂的房間臨時退掉還是被收走押金。本來老闆人很好，看在是葉知岷的朋友便打算不收讓他全退，但玖深覺得臨退是自己的問題，照理應該給全額的，最後老闆才同意不退押金。

對此，玖深贈送老闆一大包手工豬肉乾作爲感謝。

頂樓的景觀房約莫五十多坪，因此房間必定不可能小，一打開門，玖深差點被課金玩家的豪華房間閃瞎眼。

「我和阿方一間房，黎檢明天來和你一間房。」環顧整層，空間足夠隨意翻滾，一太點點頭，相當滿意環境。

景觀房位於五樓，雖說不算高，但可以觀覽一部分村子風景，不過抵達民宿時已經很晚，加上部分村民睡得早，熄燈後視線不佳，白天才會看得比較清楚。

三人各自安頓好，先離去的周彥喆又敲門返回，手上提著好幾個熱騰騰的袋子。出發前幾人先在網路上查過，村裡的店面幾乎全在晚上八點就休息，唯有村口一家便利超商堅強地開至深夜十點，他們剛剛還在說要趁打烊前快點去弄一些熱的回來，沒想到小孩就貼心地先替他們把熱食送貨到府。

「先吃宵夜吧，我媽做的。」周彥喆家裡開小吃店，知道晚上村裡買吃的不方便，稍早先發訊息回來請媽媽留熱食。

接著，他拿出一個大牛皮紙袋。

「吃飽，就可以開始了。」

□

幼溪村。

將近六十年前，村尾葉家的小兒子因爲在外賺了錢，返回老家翻地建屋，並且預定在屋後挖掘一口井。

沒想到建井期間的某日，村裡的一群小孩在即將完工的三合院周邊撿拾不要的建材玩耍。當年鄉下小孩在哪裡玩都不奇怪，連糞坑都有小孩在那邊撿屎砸同伴，所以大人們也沒有特別留意去照料這些猴囝仔。

接著就是小孩掉落井裡的噩耗。

一起玩的小孩們說不出是怎麼回事，幾個小孩慌亂成一團，唯一表達出的只有小孩落井這個訊息。

落井的小孩是村裡最大戶——劉家的小孫子。

葉家與劉家的長輩有點私交，當初建井的位置便是劉家帶著風水先生幫忙相看提議的，據說正好在什麼風水位，可以聚財福照子孫，至少三代內長壽多孫不缺錢財，說得很玄乎，讓葉家在重重好意下終究還是把井位設置於此。

劉家小孫子大概也是看著家裡大人那些指點動作多了，有樣學樣，經常對著其他小孩比劃葉家的井，和小孩們玩「這裡風水很好」的遊戲。

落井當天他們同樣圍在井邊，用撿來的建材碎料按照劉家小孫子的指揮，在井邊擺設「風水局」，沒想到大家一抬頭，劉家小孫子已經不見了，伴隨而來的是井底傳來的尖叫與掙扎聲。

小孩們嚇壞了，哭著找大人求救。

葉家的那口井挖得很深，從井口根本看不見井底事物。

後來是一名人稱「王阿七」的大膽村民綁著繩子下井，然而卻找不到劉家小孫子的身影，別說活人，就連屍體都沒看見，井裡除了泥濘，什麼也沒有。

劉家無論怎麼找，翻過整座村莊，依舊找不到他們的小孫子。

幾天後，村裡路過個算命仙，指示說深井聚陰爲惡，不封起來可能會再有人命，加上當時葉家也因安全考量，以及出了這種事情後可能也沒人敢從這裡用水喝水，於是決定重新掘一口井，把這口封填。

沒想封井一事遭到劉家反彈，當地勢力極大的劉家強硬表示小孩即使死也要見到屍體，沒見到屍體之前，井不能封，還帶人攔住封井的工人。

一時間，幼溪村劍拔弩張。

「因爲這個事情，葉家和劉家撕破臉。」

周彥喆支著下頷簡略地把故事告訴還不太清楚的阿方與一太，然後看向在阿方背後縮成一團的玖深，「呃……玖深哥？」有這麼恐怖嗎？

「你繼續。」做好預備摀耳動作的玖深小心翼翼開口。

「喔。」周彥喆不明所以地點點頭，繼續說道：「知岷哥可能有告訴過玖深哥，其實葉家是故意和劉家撕破臉的。主要是因為那位算命仙被葉家邀請吃了飯後，好心告訴葉家那口井位置有問題，是會令家道衰敗、世代滅絕的陰位。知岷哥家的長輩其實原本不信這些，最初因劉家好意指點，長輩個性溫和、不好意思，才看著交情建井，沒想到選點打從一開始就不懷好意；算命師勘查過整個村莊，發現葉家原始建宅的位置確實不錯，是個發達地，但深井如利刃穿透地脈咽喉，破壞了順風順水的地形，截斷命脈從活位變成慘死，反而成了大凶。」

就是個很典型想藉由風水破壞別人家運勢的人心可怕故事了。

葉家長輩沒想到家大業大的劉家居然會眼紅他們兒子在外地賺錢這件事。

當年小兒子在外地拓源後，一半錢帶回老家建宅，一半錢在朋友的鼓吹下投入合作，投資一些高利潤生意，也確實陸續傳出喜訊，甚至還趕上出國建廠的熱潮。

「劉家是本地最大的家族，幼溪村過半人與他們都有點關係，據說是外地大家族遷過來的旁支，所以實力挺雄厚，甚至是在村內第一個蓋起雙層洋房的，外地本家聽說還有超大的花園祖宅，所以葉家人那時想不通為什麼要因為自家小兒子賺了點錢而這樣搞他們。」周彥喆聳聳肩，他其實不太理解為什麼會有人看別人賺錢就不高興。

即使塊頭長得高，十五、六歲的男孩子還是搞不懂那些心機，更別說大人之間的黑暗狡詐，以及看到別人獲利就眼紅的心態。

不過葉家並沒有把算命師的事情暴露出去，反而是藉由封井的事與劉家鬧起來，由當時當家的大兒子出面主導塡井，起了兩、三波衝突，後續和劉家鬧得不愉快，兩家鬧到不相往來，最後在村長的協調下，將塡井改為以石板封井。

「劉家好像每隔一段時間就會發作一次，吵著說小孩在井底，硬要葉家把井打開祭拜，不開的話他們就帶人砸。」周彥喆前段時間與返鄉的葉知岷打聽過這些事情，有些長輩提到就很感慨，葉家老一輩人說到這個自然很頭痛，他們人少、對方人多，打起來確實擋不住。不過幾十年下來，可能習慣了劉家的不時發癲，反正那口井被他們隔在屋外，在村長和一些村裡耆老的監督下，便隨便他們去折騰開井了，只要開完復原就好。

「啊，脾氣眞好。」阿方自問是絕對沒辦法這樣忍的，更別說家裡還有更暴躁的小海，如果這種事出現在他們家，劉家恐怕會直接被他抓狂的妹妹爆破掉。

「確實。」一太同意友人的看法，他更喜歡有事當下解決。

「對吧，知岷哥也說他家長輩腦殼有洞。」周彥喆和村內年輕一輩的同齡人都覺得劉家有病，葉家也有點病病的，兩家幾十年來詭異的糾纏持續至今，你不管我我不管你，沒看到就當作不知道。「知岷哥他家在他小時候就搬出去了，逢年過節才回來，比較不清楚劉家以前搞事的作風。」

葉家大小兒子皆有娶親生子，建宅的小兒子一家在發生事情後沒多久便搬走，之後在外地賺大錢買屋置產，幾乎不怎麼回老家，但奉養的銀錢很足，也請了許多人幫忙看顧兩老；待在老宅的大兒子則陸續生了三個孩子，年齡差較多的幼子就是葉知岷他爸。

葉知岷在村裡只住了短短三、四年，一家人因雙親工作關係很快搬離幼溪村，逢年過節才返鄉看老人家，所以葉知岷對於深井的詳細事故不算清楚，多是從長輩或家人嘴裡聽來。

時光輪轉，距今十二年前，高中的葉知岷和他一干朋友策劃畢業前的小旅行，幾個人商量過後，打算找些比較沒開發的地方體驗鄉土自然，其中一人想到葉知岷老家有三合院，並且附近好像有瀑布景點之類的，很符合他們遊山玩水的訴求、還省錢，最後葉知岷向長輩確認過，就帶著一群朋友回老家玩耍。

一行人裡有位同學滿喜歡老物與舊歷史，例如三合院、例如祖傳的那些紅眠床或嫁妝櫃等等，發現一口有故事的井後更是興趣濃厚，連假期間都在打聽右邊井的故事，甚至請求村長借閱村誌。

直到他失蹤。

玖深手邊有葉知岷的敘述與失蹤者相片等資料。

那位朋友消失的晚上其實非常平常，就和無數夜晚相同，沒有任何值得注意的事；大家吃過晚餐互道晚安，回房打鬧收拾行李，準備隔日離開村莊返家。

半夜時，起床上廁所的葉家長輩看見這位同學在庭院遊蕩，以爲只是睡不著出來走走，見他走到後院也沒有喊人，哪知道這就是同學最後一次出現在人前的身影。

天亮後，大家發現同學失蹤了，四處尋找無果，警方經過一番調查，也只知道這人最後出現的位置在右邊井，走向井前的腳印硬生生中斷，就像這個人一般，直接永遠蒸發在世界。

照片上的高中生平凡無奇，帶點書卷氣，就像每所學校都會有的學生，渾身沒被社會毒打過的年少清純模樣，他們在拍攝相片時甚至還很開心，卻不知道這些相片在幾天後成爲其中一人的最後記錄，至此被列進失蹤檔案。

當年搜索時發生的怪事如先前玖深所知，原先警方想要開井，卻遭到村民們阻止，主要是劉家爲首帶領的村民，可能還因爲某些不能說出來的暗中交易實施高層壓迫，致使現場警方不得不調來探測儀器確認井下確實沒有人。

然而前段時間葉知岷特意請老家的人幫忙調查，這才確定那年他們離開沒多久後，劉家依舊按照往昔的習慣，又跑去開井祭祀。

這迷惑操作傳到失蹤的男高中生家裡，家屬帶了一批人去劉家鬧事，不曉得劉家後續做了什麼，總之葉知岷同學的家人沒再出現過，也與他們這些朋友斷了聯絡。葉知岷因爲密室的關係認識玖深，想再重新尋找同學家人，赫然發現他們全都搬家了，左右鄰居都不知道他們搬到哪裡，失去下落。

「知岷哥已經和葉阿公他們講好，明天我可以直接帶玖深哥去三合院。」周彥喆想想，不確定能不能帶上阿方兩人，畢竟原先說好的是玖深與明日到達的黎子泓。「兩位大哥的話……早上我再幫你們問一下，你們先早點休息。」

「好的，麻煩你了。」一太微笑點頭，讓阿方把小孩送離民宿。

玖深抱著外套，把自己捲在沙發角落，皺眉思考那些他聽過也看過的恩怨故事，他與葉知岷的聊天對話記錄可以重複觀看，確實和周彥喆說的差不多。

說起來，葉知岷不太回村，卻意外地和村裡的少年很熟。

……沒感覺錯的話，周彥喆表現出來的態度應該是跟對方很親，至少有一定的熟悉度。

「周彥喆放假時會北上，周家與葉家某一輩人有姻親關係。」似乎看出玖深的疑惑，一太端著茶杯，動作閒適地開口：「我們車隊認識的那位是葉先生的表弟、周彥煌，是大周彥喆一歲的旁旁系堂兄，小煌說過他弟會住他宿舍或者葉先生家，從小到大一來一往就這麼熟了。」

「懂了。」玖深恍然大悟，鄉村最常見的你家就是我家、我家也通你家，各種數不完的親戚關係，他老家也是這樣。

盯著環抱大外套隨時準備把腦袋藏進去的玖深半晌，一太歪著頭，認眞想想過去種種，以及現在去車隊偶爾還會聽到的感慨，於是提出較爲人性的建議：「玖深哥如果你不敢一個人睡，也可以和阿方交換床位。」把阿方踢去一個人睡就好，反正他又不怕鬼。

「我沒有不敢一個人睡！」玖深連忙反駁。

……

……

啊不對，這裡眞的有點可怕……

雖然導遊小朋友把有鬼的大部分內容剔除掉了，但他會把這裡和那個密室聯結在一起啊啊啊啊啊！

密室有鬼=村子有鬼。

房間有夠大=黑黑的空間有夠大。

啊啊啊啊！

發現自己越想越可怕的玖深開始瑟瑟發抖，僵硬地看著今晚要自己睡的雙人房，並且覺得應該晚一天出發，等黎檢一起來。

坐在一邊的青年凝視著逐漸顫動的某鑑識，總感覺好像可以猜到對方的想像往哪部分飆去了。

一太咳了聲，試圖讓臉部表情看起來沒在笑。

因此，等阿方回來後，就發現似笑非笑的友人、一臉抱歉的某鑑識，以及今晚他要自己睡隔壁的事實。

「……」

是又在玩什麼了？

2

啵……

啵啵……

他行走在黑暗中。

四面八方是濃稠到幾乎成爲實體滴落的濃黑，沉重壓迫得讓人喘不過氣，沒被奪去的可見範圍唯有腳下堆疊碎石的狹小道路，約莫三步左右。

看不見的地方傳來孩童的嬉笑聲。

必須……再往前。

往前有什麼呢？

感覺好像知道，卻又好像不知道。

一腳下去，踩到了濕潤的沙土，發出噗滋的聲響，混著碎石的泥土擠出一點烏黑的水，然後又被土壤重新吸收回去，徒留不太好的腳底觸感。

小路慢慢變得難走。

他記得這條路。

找到的前幾日，村裡下過大雨，所以有部分地方積水未退，到處都有泥濘的路，一個不小心很容易弄得褲管都是噴濺上來的小髒污。

走在前面的學長對於不佳的路況有些微言，但抱怨的核心還是該死的犯人，如果不是這些反社會的傢伙，他們就不用忙進忙出，還要承受那些家屬痛苦又充滿寄望的目光。

他知道會看見什麼。

首先是許多面露不忍的村人，轄區員警與支援警力，還有先到的其他同僚，接著是被破壞的現場，遲來的封鎖線無法神通廣大地提前擋住村民們亂七八糟的踩踏，最後是許久無人使用、被丟滿垃圾雜物的廢棄工寮。

因爲垃圾數量過於龐大，令他們後來花了很多心力在這些垃圾裡找線索。

盡頭之處，是一座池塘。

位於這種地方的池塘可想而知絕對不是什麼清澈、養著一點睡蓮的美麗地方，而是充滿骯髒混濁，以及周邊漂著廢棄物的不淨之處。

漂浮在中央的幼小身體腫得像是被拋棄的劣質玩偶，身上一絲不掛，只有不經意漂過的垃圾纏在她身上，替她留下最後一點遮掩。

女孩的家人跪在封鎖線外痛苦號哭。

堆積的垃圾太多，打撈的人還來不及把屍體送上岸，他們得先清掉那些纏著屍體的塑膠繩，還要小心自己不要陷入池塘底的泥沼。

一週的尋找，換來的是悲慘的結果。

而這其實只是個開始，後來很長一段時間，他在工作中看見的幾乎都是這樣一幅幅彷若地獄的畫面。

他們能做的，只有在一片混亂裡尋找蹤跡，運氣好的話，可以在拼拼湊湊後得到眞相，從承辦員警那邊得來一點遲到的慰藉。

運氣壞一點的，至今沒有結果。

又或者像此次，即使知道凶手是誰也無法讓受害者得到所謂的正義。

躺在污水裡的女孩緩緩轉動頭，灰色突出的眼珠順著側過的頭顱望向他。

……

……又回來了呢……

□

猛然驚醒時，看見上方有抹大黑影。

玖深幾乎瞬間清醒過來，反射性就要把對方從床上翻下去，但對方反應也很快，手臂一擋，抵住了他的攻擊。

「玖深哥？」

「——！」

昏暗的房裡微光映照，隱約看得到青年疑惑的神情。

玖深鬆開手，發現自己躺在民宿的加大床鋪上，暴起的情緒倏地消散，隨後才意識到剛剛差點把臨時室友摔下床。「呃……抱歉……」

「沒關係，你好像作噩夢了，一直在夢囈。」一太收回手，維持坐在床邊的姿勢，善意地抽了衛生紙遞給一頭冷汗的人。「要再睡一會兒嗎？」

接過衛生紙，玖深貼到臉上，然後嘿咻一聲從床上爬起來。「起床好了。」剛剛那一下直接沒睡意了。

一太笑了笑，微微瞇起眼睛，沒有追問造成對方滿腦冷汗的噩夢內容，只是說：「那剛好可以吃早餐，民宿老闆送早餐過來了，我感覺味道會很不錯。」

玖深有點無言地看著謎之青年，電波直覺還可以用來猜早餐味道的嗎？真的很神奇啊！

快速洗漱好、踏出房間，阿方已經在小客廳吃早餐了，這時才剛早上將近七點。

手機裡新收到的訊息是黎子泓搭了極早的車次，但還是得花幾小時才會到達，沒延誤的話，預計趕得上午餐。

早餐買的是當地知名早餐店的品項，雖然只是簡單的烤肉吐司，但使用的是溫體豬，味道確實很好，考慮到客人們都是男生，民宿還加訂了同店的烤肉飯糰，再加上幾顆蘋果，主打一個吃飽。

用過餐後，周彥喆在八點左右到來，這時阿方正在煮茶包，試圖自製鮮奶茶，滿室瀰漫一股茶香。

清早小導遊先去過葉家的三合院，老人同意可以多帶訪客。應該說，葉家長輩其實挺好客，否則十二年前就不會答應不常見面的孫子帶同學來村裡玩，雖然後來的結果並不好，但依然沒有消滅葉家長輩的友善。

「知岷哥晚上會到。」周彥喆告訴客人們三合院小主人的行程，接著領著三人開始簡易導覽幼溪村。

此時人手一罐鮮奶茶，阿方把自製手搖飲沖進民宿贊助牌冰塊後拿了大家的水瓶，居然還正正好足夠四人分。

拿著清涼的鮮奶茶，很盡責的少年邊走邊指向周邊的一些舊建築：「我們村子的歷史滿久了，約可追溯至一百五十年前，最早留下的記錄是平地人因爲要收購和販賣一些特有山產作物、藥草茶葉和木材等，跟著原住民進出山林。隨後先祖移居，慢慢地人越來越多，百餘年前劉家旁支看中山內藥草遷來，加上村莊下方的土地靠近景楓溪，土壤肥沃且容易耕作，所以建立了村莊。」

前靠溪背靠山，順著溪流進山，沿著崎嶇的山道走一段便是眾人所知的瀑布景點——即爲一太兩人原先行程中的景楓瀑布。

這兩年爲了推動觀光，景楓瀑布還被添上一些浪漫傳說，例如在某時段到瀑布又看見彩虹的話，有情人會終成眷屬，下方的瀑布水潭還可以許願，據說向瀑布許願，有機率會實現……諸如此類。

山下幼溪村因地勢擁有種植農作的優勢，進而發展成自給自足的模式，也因此避開不少災難禍事，所以早期移居過來的人很少遷出，甚至還有部分原住民經常行腳於此進行貿易。

但也因爲藏於山、隱於溪，在外界開始現代化、不再須要徒步移動的今日，交通不便、大城市工作機會更多等等各種劣勢被急速突顯出來，使得村內年輕人變得稀少；幸好後來有鐵路、公路路線的規劃，加上近幾年網路發達，祕境旅行搭配網紅帶動，村子重新恢復些許熱鬧，也逐漸開始有年輕人回流創業，例如民宿老闆。

「那邊就是劉家老宅，也是個拍照點。」走了一段路後，周彥喆指向遠處街道盡頭，矗立在彼端的是老式洋樓，看建築的狀態有在固定修繕，庭院整理得相當乾淨，不過並沒有居住的氣息。「他們現在除了家主以外都不住裡面了，據說是起家宅不能賣也不能改，後代子孫住在旁邊那棟別墅。」

跟著看過去，不遠的左側果然有連戶的現代五層別墅，高築起的圍牆看不太到裡面狀況，但整棟建築仍然氣派，足見劉家背景與財力雄厚。

玖深左看右看，不知道爲什麼，無論是洋樓或是別墅都給他一種異樣感……可能是因爲有鬼的密室故事讓他先入爲主了，所以看什麼都有問題。

幾人又走了一段路，漸漸看見了三合院建築的屋頂。

玖深預先在資料裡的照片看過三合院的模樣，幾乎一眼就認出來，雖然不如劉家老宅的氣派，但當年的三合院面積不小，氣勢依舊相當可觀；通過大門，灑落陽光的前埕懶洋洋地癱著幾隻曬肚皮的貓，見陌生人靠近也沒動彈，幾張貓臉都頂著毫不驚慌的老道模樣，吃準了外地訪客不會對牠們幹什麼。

「葉阿公！」

早已習慣一堆貓擺爛的周彥喆朝坐在院裡挑揀菜葉的老人揮手。

老人便是當年留在老宅侍奉兩老的大兒子，葉知岷的爺爺。

葉爺爺的三個小孩出生間隔不一，生到葉爸爸時已經三十了，與上面兩個兄姊年紀差比較多。

老先生目前高齡八十多歲，看起來還很健壯，氣色紅潤、說話元氣十足，面貌像是六十多的人。

職業病地重複回憶各種資料，玖深連忙向葉爺爺打招呼。

「你們現在看井啊？」葉爺爺拍掉手邊細碎的菜葉，操著一口台灣國語，按著膝蓋起身，走進屋內拿了串鑰匙出來。「來，咖邊要小心。」

三合院的後院有小路直通左邊井，用水都是取自這口井。

而出問題的右邊井原先同樣設計有小徑，但出事後劉家時常鬧事，三合院的小路早就封掉，並且把右邊井從屋舍範圍隔出去，眾人只能從前門繞道，蜿蜒地走了段路後，來到了窄巷內的右邊井。

窄巷外有扇重重上鎖的鐵門，葉爺爺慢吞吞地用手邊的鑰匙串連開了三、四個大鎖，才將鐵門推開。

六十年過去，原先空曠的周邊早就蓋起各式各樣的建築，所以這口井看起來就像是硬被塞入四周全是圍牆的窄小空間裡，包裹著它的是爲了隔離刻意築高的磚牆，連頂端都免不了被加了層鐵皮屋頂隔絕視線。且因劉家的祭祀，井邊與牆邊殘留各種燃香痕跡，整體彷彿一大片歷史殘存的烏黑污漬，視覺上看起來並不是那麼令人舒服。

「玖深哥你還好吧？」阿方聽到身後明顯傳來倒抽好大一口氣的聲音。

「還、還好。」玖深全身都起雞皮疙瘩了，現場看起來比老照片還要更可怕啊！葉知岷傳給他的版本是周圍還沒蓋東西的版本，現在這個恐怖翻倍啊！氣氛超不對的啊！

偏偏他還不能轉身向後逃！

玖深有點絕望地一眼看清井邊那些磨痕字，一想到字代表的意思，就想自戳雙目。

不要看那麼清楚啊啊啊啊啊啊！

「……」完全感覺得到後方鑑識的顫抖都抖到他背上了，阿方不知道該不該提醒或安撫緊抓他外套的青年。

「你們看井吼，要小心點，沒事卡早出來。」聽見巷外有鄰居在喊自己，葉爺爺把鑰匙交給周彥喆，敲著腿側往外走。

目送老人離開，玖深重複吸氣吐氣幾次，緊揪著手邊的布料，另一手抖抖地摸出手機照亮幽暗空間。

啊……看起來更恐怖了。

剛剛因爲環境幽暗，其實很多地方沒看清楚，現在一照，照到幾張黃符和發黑的蠟燭屁股，標準鬧鬼配置。

「你還好吧？」後知後覺地發現對方可能超級怕鬼，周彥喆握著一堆鑰匙，猶豫著要不要幫他們開封井石的鎖。雖然有開沒開都無所謂，畢竟封井石板厚重，光是他們幾個人絕對搬不開，就是開個氣氛而已。

「我可以。」努力幫自己建立勇氣，玖深抖著身體走到井邊，關了手機光後取出手電筒，一一照過那些刻在井上的文字，旁側的一太、阿方兩人取出各自的手機，在對方的指導下，一個負責拍照一個負責錄影，同步上傳到群組中。

先前巧合湊出四個字的那片新港語還在，比起照片，損毀程度看起來更加嚴重了，但那四個字卻莫名清晰，好像被誰刻意挑出來——

我、在、等、你

玖深頭皮發麻，但不得不確認刻印目前的狀況，不過確實找不到更多完好的字跡了，看起來都變成一大片糊糊的花紋。

這巧合真的很嚇人。

扣掉新港語，更多的是各種奇奇怪怪的紋路，有些是動物，有些可能是神獸還是什麼象徵獸吧，總之有好幾團捲捲的，看起來像是龍的刻紋。

「這邊也拍一下。」

玖深注意到旁邊拍照的人好像沒反應，下意識抬頭。

接著發現周邊空無一人。

……

……

抱著腦袋。

感覺心臟病要發作了。

□

喵～

一太抬眼，看見高高的磚牆上站著一隻白襪黑貓。

金色沉穩的眼睛筆直地盯著他。

「有事？」

話才剛說完，一太察覺到四周不對勁，氣溫比剛才低了許多，肉眼可見的極大問題是周圍的人全不見了，在他被貓吸引的瞬間彷彿進入另個時空，與其他人錯開。

不是第一次經歷怪異，一太相當鎮定地打量眼下境況，除去氣溫較低以外，鐵皮屋頂外的天色與環境都沒有異狀，甚至稱得上風和日麗。

黑貓定定地與人類對視半晌，像是有點嫌棄似地甩了下尾巴，扭頭沿著牆頭往巷外鐵門方向走，踏了幾步還不忘回頭喵一聲。

沒在對方身上感到惡意，也有種直覺自己應該要跟著對方走，一太思考了兩秒，提起腳步尾隨。

鐵門並不遠，幾步路的距離。

越過鐵門那瞬間，一股滾燙熱浪迎面而來，與門內的低溫形成極端對比，詭異的溫差瞬間平息下來。

他看見阿方和周彥喆站在門外，兩人一左一右，神情有點恍惚，似乎沒意識到自己離開井邊回到了窄巷口。

黑貓靈巧地跳下牆，動作平穩地踩到阿方肩上，接著一個彈跳往另側圍牆翻上去，金眸回頭望了望，一臉無事般甩著黑色長尾走貓了。

「……嗯？」阿方彷彿回過神，這時候才疑惑地左顧右盼，手上手機還維持正在錄影的狀態。

「玖深哥不見了。」一太視線一掃，立即發現少了人，接過阿方抓著的手機調出錄影影片快轉，有點遺憾什麼也沒拍到，影片顯示阿方是拍著拍著突然轉身離開，鏡頭只拍攝到離開前所有人的身影，接著是阿方自己在外面罰站了將近五分鐘。

「咦？」周彥喆較慢反應過來，提著一串鑰匙後知後覺地慌張起來。弄丟人什麼的，對小導遊來說有點不祥，畢竟這種熟悉的起手式彷彿那口井的恐怖故事，但住村裡這麼久，他還眞從沒遇見過，這一輩的小孩大多都只當成是怪談來說笑而已。

「你們先在周圍找看看。」一太皺眉往黑貓離開的方向追去，然而出窄巷後什麼也沒看見，繞回前埕，那些曬太陽的液體貓裡也沒有那隻氣質非常獨特的白襪黑貓。

正想轉頭去其他地方找黑貓，原先那群曬太陽、五顏六色的貓突然極其同步地抬起頭，面無表情的貓臉豎起瞳孔，直勾勾地望著門口的人類，還未等到人類有什麼表示，這些貓突然又解除異樣，紛紛躺回各自位置，此起彼落地發出散亂的喵喵聲。

即使是一太，依舊被剛剛眾貓詭異的目光搞得有點不太舒服。

「你是誰？」

身後傳來陰沉的聲音。

回過頭，看見的是個白髮佝僂的老人，布滿斑點的臉部帶著一種蠟黃褐，甚至隱隱有點泛紫黑的斑紋，一雙混濁眼睛散發不怎麼友善的氣息，森然地盯著外來的青年。「爲什麼開井！你們是葉家的誰！」

一太微微瞇起眼，這麼敵視的態度加上對方似乎有點緊張，綜觀整座村莊，大概可以猜到這位老者可能的身分。「劉老先生？」

老人抿緊嘴唇，沒有承認但也沒有反駁，急促地上上下下打量沒見過的陌生面孔。見對方繃緊神經的模樣，一太反而露出閒適的神情。他並不擔心老人衝過來動手——打得過，就算再帶幾個青壯年他還是打得過。現在緊張的是對方而不是他，加上他也沒有想從葉家或那口井得到任何東西，這代表他是主動方，沒有隱憂或把柄，基本上可以吊著對方讓人緊張到爆。

當然，前提是扣掉消失的玖深，但這點就不用告訴來勢洶洶的老人了。

「外地人滾出去！」老人僵持了一會兒後，發現青年還真的沒有鳥他的跡象，只能氣急敗壞地罵兩句，目光看了看窄巷方位，怒氣沖沖地離開了。

老人前腳剛走，阿方後腳正好回到三合院門前。

「沒找到玖深哥。」窄巷附近找了一圈，阿方完全沒發現有人離開的蹤跡，更別提玖深不是會擅自跑路的那種人，他就算被嚇個半死還是會縮在團體裡。「阿喆去找人幫忙了。」

「嗯……」一太屈指支著下頷。「我感覺要等他被釋放，才能找到人。」

「呃。」阿方當然有想到這種可能性，但總不能和周彥喆說他們可能撞飄了，聽天由命吧，等玖深從異空間被丟出來，萬一被丟到什麼荒郊野地呢！

預防萬一，兩人想想，還是敲響周大師的Line，彼端無事突然遭到波及的人傳來代表無語的貼圖，看使用的圖樣，可能是他們學弟或友人買來進獻給大師使用的，非常眼熟。

「小淵和阿因把大師都影響到玩貼圖了。」一太看著無語之後傳來的一連串發怒圖案，忍不住有點莞爾，要知道大師先前還挺正經的，很少出現這種奪命發圖的狀況。

用貼圖發洩一波怒氣後，周震才傳來訊息，他人正好在寺裡，請師父們幫忙過眼，按照兩人傳過去的資料做簡單的推算，隨後指點幾處方位。

「這口井旁邊也有傳送點嗎？」阿方看著大師給出的三個位置，其中一個正好是玖深失蹤前蹲著的對角位。

「不知道，看看。」一太按方位換算了距離，比較遠的是西南方約一公里處，就傳給周彥喆，請小孩跑一趟，另外一個赫然是他追著黑貓來到的前埕南面。「我回井那邊。」

雖說不知道玖深到底是因爲什麼消失，但一太有種不太好的預感，預警讓他感覺阿方去井邊會相對危險。

「好。」向來不會反駁友人的提議，阿方甚至沒多問爲什麼，扭頭便沿著馬路走向圍牆另一邊。

目送阿方的背影消失，一太才走向窄巷。

事出突然，周彥喆忘記鎖回鐵門，窄巷盡頭的門依然敞開，而盡頭的井與鐵皮籠罩的空間則呈現一種如墨的黑暗。

在那裡，覆蓋在深井上的巨石不知何時被解開鎖頭並挪動，露出冰冷的隙縫。

□

嘻嘻……

是你嗎……

嘻……

玖深抱著頭，很想將全身都埋到土裡面。

四周空氣逐漸陰冷，不是氣溫自然變化的冷，而是寒氣鑽進骨頭、連縫都想填滿的那種不科學的陰涼。

雖然不想這麼說，但大概就是傳說中的陰氣。

鴕鳥逃避現實多久，四面八方無法忽視的詭異注視感和似遠若近的嬉笑聲就持續多久，彷彿想逼他把頭抬起來，看清楚包圍他的是「什麼」。

想哭。

嗚……

爲什麼永遠都不去找專業的人。

冷冰冰的手放到他的後頸上，劃過一條能把人凍結的軌跡。

想尖叫，但不敢尖叫。

怕引起不科學存在更多的注意。

甚至不敢睜開眼睛，很怕奇怪的東西鑽進他手邊或是腳邊，一睜眼就看到可以把他嚇死的恐怖東西。

涼到滲出寒氣的「東西」貼到他的臉邊，吐出一口冷氣，像是喟嘆，不知道哪裡傳來的呼呼風聲混合著快被吹散的低啞女聲——

越害怕……越無法離開……

被吞噬……

伸出手……

你來……

某種東西輕輕勾動他的左手。

玖深狠狠震了下，眼睛閉得死緊，但失去視覺後取代的是更爲敏感的其他五感。他可以很明顯地感覺到有一隻皮膚僵硬的手牽起他的幾根指頭，緩緩施著力，想將他從地上牽起。

「不要……」

被嚇得好不容易吐出兩個字，他很想掙脫牽著他的「不明物體」，但對方的手勾著他，使用的是無法拒絕的半強硬力道，堅持不讓他拒絕。

來回拉扯幾次，他終究被失去耐性的「不明物體」硬生生從地上拖起來，強悍的力量迫使他踉蹌地往前走動。

奇異的落水聲傳來，還有孩童淒厲哀號與哭泣的聲音。

這是曾經出現在他夢裡的模擬畫面，他的第一個案子，因爲跡證大多被破壞，他做了很多推測，然後這些猜測用另外一種扭曲形式出現在夢境中，後來成爲噩夢糾纏他很長一段時間，逼得他窩在實驗室熬夜好幾天不敢入睡。

不曉得是不是窺探到他恐懼的記憶，哭泣聲越來越明顯，最後居然已貼近到他的腳邊。

前面的手又用力扯了他一把，他跌跌撞撞小跑出一段距離，水聲和哭泣聲被抛到後頭，很遺憾地緩緩消失。

可能走了十分鐘，或者又走了二十分鐘，深陷在黑暗的玖深不敢睜開眼睛，一路上聽著各種詭異的聲響，最後撞到滿滿泛著腥臭味的藤蔓堆裡。

下一秒，隱約好像聽見後面有人在喊他的名字。

深信著恐怖片中被喊名字回頭一定會死的慣例，玖深打死都不敢回頭，只敢貼緊在臭臭的壁面上，滿腦都是尖叫聲和遲鈍地想著究竟要怎麼自救的散亂方案。

把他帶到這邊的「不明物體」在他撞牆的同時便鬆開手，現在不知跑哪裡去了，周圍的視線感消退許多，剩下的一、兩道距離非常遙遠。

飄忽的聲音又喊了兩次他的名字，然後就不見了。

玖深渾身顫抖，因爲貼著牆面，衣服逐漸被那些潮濕的藤蔓浸潤，沾黏到皮膚上。

要勇敢、要努力勇敢。

沒有人的情況下只能靠自己，至少勇敢到有人找到自己。

反正也不是第一次遇到這類狀況了呢……

前幾次都好好活回來了，所以這次也、也可以！

頂多找人催眠自己一切都沒發生過！

用力吸口氣，玖深戰戰兢兢地將眼睛睜開一條縫，慢慢恢復的視覺中看見了面前滿布黑褐色的藤蔓條，以及後知後覺注意到雖然很暗，但身邊卻有光源這件事。

邊抖著邊小心翼翼地低下頭察看弱光來源——一盞燭火搖曳的紅燈籠就放在他腳邊不遠處，細小的火苗掙扎捲動，隨時有熄滅的可能。

極端恐懼下，他突然注意到燈籠旁的藤蔓分布得不太對勁，有一小片好像被撕扯過又重新蓋回，呈現出有點怪異的稀疏感。

抬手擦擦被嚇出的眼淚，玖深低著頭蹲下並拂開那片散散的藤蔓，果然那邊的小植物還沒長好，稍微用力就散開。指尖貼到泛黑的壁面，在極冷的溫度中摸到好幾條刻痕，不是天然形成的那種，而是人工留下的痕跡。

刻印只是很小一角，更多的部分深入藤蔓壁裡，大概需要整片清除才可看見全貌。

然後是腳邊，有個金金的東西。

鬼使神差下，他下意識伸手去掏那個金色物體，東西並不大，即使沾黏上了污漬與苔蘚，還是可以看出是一小塊金鎖片。

啵啵……

一隻蒼白的手伸過來，取走燈籠，紅色的布料在眼角一閃，隨著搖曳燭光退入黑暗中。

玖深差點丟掉金鎖片埋到藤蔓牆裡，更可怕的是他還瞬間分辨出那是一隻女性的手，手指細長、指甲修飾得很漂亮，沒有明顯勞動的痕跡。

別忘了……

嘆息的聲音從腦後離開。

僵在牆邊不知道過了多久，隱隱好像聽見其他聲音，比起剛才的飄忽不定，這次明顯眞實許多，並且還是他很熟悉的聲音——

「玖深哥？你在下面嗎？」

黑暗的正上方出現了月牙般的白，微光從上面灑落，伴隨著血腥氣味伸下了一隻手，距離比想像中還要近，只要往上一跳就可以握住。

「上來。」

伸手的人很淡地說了句。

身後再度傳來怪異的窸窣聲，接著是好像有爪子在抓牆的那種噪音，玖深頭皮一麻，反射性跳起來握住那隻手，對方也沒有讓他失望，抓緊瞬間就把人向上拖。

「別放開！」另外一隻手探下來，拽住玖深的手臂，強悍地將他拖離黑暗。

離開藤蔓牆回到有著乾淨空氣的另外一端時，摔在地上的玖深瞬間沒適應突然變亮的環境而下意識閉眼，於是錯過了身後差點跟著出來的東西。

不過另外一人並沒有漏看。

一太凝視著井口微微探出的黑色爪子，扭曲的乾枯手指相當遺憾地收縮指爪，緩緩回到井內。

沉重的聲音響起。

封井巨石重新回到原位。

□

「找到人了嗎？」

阿方與周彥喆收到消息，立即匆匆返回民宿大廳。

此時一太與氣色很不好的玖深坐在一樓大廳裡，後者正在幫前者處理手臂。

從井裡脫險後，玖深很快發現一太右手上臂到手心被割出條巨大扭曲的傷口，傷勢不輕，差點就割斷重要血管，那股血腥味就是這樣來的。於是兩人並沒有在窄巷等其他人，而是鎖了鐵門後直接回民宿處置傷口。

「要快點去醫院或診所。」原本的極端恐懼被緊張對方嚴重傷勢的心情壓下，玖深做完急救程序後連忙說道。

「我去叫我爸開車。」周彥喆趕緊打電話給自家老爸，醫院稍微有點距離，雖然村裡就有診所，但看那傷口的大小，他覺得還是去醫院比較安全。

目送小孩跑到走廊打電話，一太看了看包紮處，並沒有拒絕送醫，傷口太長了，不規則的傷勢頗有種快把皮一起掀起來的恐怖感，還是必須縫針和打個破傷風。

「玖深哥你也受傷了？」阿方皺起眉，注意到玖深的胸腹部全是鐵紅色的痕跡。

「不不不，這不是我的。」被這麼一問，玖深又害怕起來。

雖然一開始被一太的傷勢驚到，但他很快就發現自己身上的不對勁，被藤蔓染濕的外套與上衣上不是想像中的污水，而是帶著一種血氧化後的不祥色澤；恐怖的是，按照他的判斷，這還眞的很可能是血，味道與色澤非常相似，好幾處還有無法忽視的極淡屍臭味。

外套脫了先塞進證物袋，上衣還沒更換，現在視覺上看著有點嚇人。

「你先去換衣服吧。」一太用另一隻手拿起桌上的水瓶，剛喝了口就聽見周彥喆的父親在外面喊聲。

阿方止住玖深想跟上的動作，看著對方惶恐的灰白臉色及不自覺發抖的身體，好意地說：「玖深哥你先好好休息，阿喆會陪你。」對方的模樣實在太危險了，比一太這個傷患還糟糕，恐怕本人都沒注意到，說被嚇成死人色都不爲過。

「對啊，玖深哥你先洗洗睡吧。」周彥喆走過來拉著人，用力握住對方冷冰冰的手掌。「我媽待會兒會送東西過來，再叫你起來吃。」

玖深雖然非常想跟去，但被其他三人阻止，最終只能乖乖被周彥喆押回房整理一身的狼狽。

沾染血液的衣褲與帶上來的金鎖片都分門別類放進夾鏈袋封好，玖深翻出乾淨的換洗衣物，不洗不知道，一洗才發現自己的後腦也沾到了，一層黑紅色黏膩的東西隨著水流從他身上落下，還好關水後還來得及採集一點殘留在腦袋上的物質。

把全身上下收拾好後，筋疲力盡的玖深還眞的渾渾噩噩地在床上睡著了。

再醒來時已經是傍晚五點多。

周彥喆受阿方所託可能中途有進來，但沒叫醒他，少年只幫他蓋好被子，還貼心地加好房裡的熱水壺才離開。

休息後精神好了不少。

玖深邊起床邊重新回憶上午發生的事，他不知道怎麼落井的，但可以推測落井多久——他們借了鑰匙去井邊是將近九點，被一太從井裡拉上來時他有瞄到掉在旁邊的手機，是正午十二點。

他落井約莫三小時。

黑暗中時間空間錯亂，他不確定究竟有沒有那麼久，畢竟他還走了一大段路，也不像是在狹窄的深井底部，更別說井底到井口的距離絕對不可能往上跳就能搆到另一人的手。

那裡絕對是個不同的空間。

顫顫地從行李箱翻出薄外套，玖深按著腦袋走出房門。

「醒了？」

頂層客廳裡，稍早到達的黎子泓放下手邊翻閱的文件夾，起身泡了杯熱茶給對方，一直都待在這裡的周彥喆也從沙發跳起，關懷地詢問對方身體有沒有哪裡不舒服。

說到不舒服……

「脖子痛，手腳也痛。」玖深揉揉後頸，轉過身給另外兩人看。

黎子泓看著對方後頸一大片烏黑色瘀青不知道該不該誠實回答，直覺會收獲一隻嚇爆的鑑識。

周彥喆速度快多了，直接蹲下身就把人的褲腳往上拉，也是一大片黑。「你撞到好多地方，不然我們也去醫院看看吧？內傷就不好了。」

小孩子以爲客人是失蹤時跌跌撞撞受傷的。

玖深僵住，這時才注意到自己的手腕布滿一條條瘀痕，連手指上也是一塊一塊，看起來有點怵目驚心。

「……周震不是有給你淨水嗎？」黎子泓從手邊的公事包裡拿出淨水，大師先前分別給過他們這些人一些，包括他與玖深都領過，當然拿大頭的是虞因。

「……嗚……」玖深從井底出來時只記得一太的傷勢，後續保存證物和洗澡的動作幾乎是本能行爲，渾渾噩噩地完全沒想起還有淨水這回事。

大概可以猜到某人的心路歷程，黎子泓沒說什麼，按著人上上下下噴一輪淨水，不到五分鐘，那些瘀青就變淡很多，站在旁邊的周彥喆嘖嘖稱奇，還虎視眈眈地詢問這種神水哪裡買得到，他想囤一箱在他家，感覺很有保障。

「淨水有期限。」黎子泓告訴少年現實，雖然他也不知道淨水怎麼看期限，周大師自從知道他們這票人有夠衰之後，會定期幫他們更換，尤其是虞因，然後再帶眾人添的香油錢回去寺裡投。不過這是因爲大師來回算方便，如果地點換成這邊，按照大師個性，絕對不可能定期幫換，而是叫對方滾過去寺裡自己搞。

「可惡。」周彥喆感到遺憾。

沒法得到淨水囤積權的小朋友跑下樓去廚房熱粥了，下午他媽煮了兩鍋粥和一鍋雞湯，一直放在廚房保溫等大家起床或回來時當點心。

五樓只有小吧台不方便熱東西，所以全集中在一樓的大廚房。

等小朋友離開，黎子泓轉向看上去依舊相當萎靡的友人。「你還好嗎？」

玖深搖搖頭，一臉苦悶。

「她好像回來了。」

3

最開始，玖深並不打算進一步接觸葉家的深井。

應該說，當時雖然察覺不太對勁，但基於疑似有不科學的產物，按照他原本的個性是絕對不可能親自跑這趟。

他會來這裡，最大原因並不是幼溪村，也不是這口深井。

而是離這裡二十分鐘車程的鄰村。

——玖深第一個案子的案發地。

八歲的死者，永遠刻印在他的記憶裡。

因此，當葉知岷告訴他村子位置與名字後，他鬼使神差就答應來看看了。

但他沒想過會看到實體的啊啊啊啊啊啊啊啊！

「超像！我感覺好像是！」

玖深抱著別人的外套發出哀號。

「……」黎子泓看看自己被捲成一團的外套，先慶幸還好不是西裝外套，想了想再遞給對方個抱枕，語氣正經地說：「黑暗中容易產生許多錯覺，更別說情緒極度緊張的狀況下，你不要想太多，會自己嚇自己。」雖然好像已經嚇得不行了。

「對！應該是錯覺，一切都是錯覺，人生只有錯覺！」玖深把腦袋塞進抱枕裡，企圖用布料驅逐腦內記憶。

可能人生也不是那麼多錯覺。

黎子泓有點想這麼說，但沒開口。

女童性侵棄屍案他曾仔細了解過，當年屍體被刻意處理，現場遭重度破壞，大部分痕跡難以採證，以至於無法確認真凶，然而嫌疑人卻死了，同樣是難以鑑定的「人為死亡」。

如果按照虞因他們與另一個世界接觸的往例來看，凶嫌死了，女童的仇怨有人代為結算，那麼不應當現在又含怨出現，甚至用這種方式騷擾玖深，再怎麼說他也僅僅只是個毫無關聯的執法人員。

不合理。

除非當年凶手眞的不是那人。

但參與過的員警與鑑識們私下其實都很確認凶手就是那人，只是無法提出被法律承認的有效證據——這不是單一案例，實際上像這樣無法定罪的案子在世界各地並不少，他們不是第一個碰到，也永遠不是最後一個。

盯著很委屈的休假友人，黎子泓理解他爲何放不下，卻不覺得該與這件結束的案子再有奇異的牽扯。

周彥喆動作很快，沒多久便端上熱騰騰的兩種粥與雞湯，還幫他們切了水果盤。精湛的刀工可以完美體現少年果然是小餐館家庭的孩子，水果甚至擺出了規律的美感。

這時一太與阿方正好回到民宿，周彥喆他爸在樓下喊小孩回家拿晚餐，兩父子打完招呼就相偕離開。

一太因傷口太大，右手暫時被固定住，整條手臂縫了幾十針，傷口之深但又沒有破壞到重要的血管等處，醫生一邊縫還一邊說他眞會選位置。本人拒絕住院後拿了一大包的藥，這幾天還得要去醫院回診。

幾人交換情報間，周彥喆還跑來送晚餐，送完又匆匆跑回自家的店幫忙。

「玖深哥消失到發現他，不超過一個小時。」左手拿叉流利地捲起麵條，一太告知時間差。尋人過程花比較久的時間是周大師那邊的推算，扣除那部分，連半小時都不到。「我的手是探井時受傷。」

這點他不打算隱瞞。

發現封井石出現縫後，他當下就隱約聽見玖深的聲音，整隻手的傷勢不是被割到也不是刮到，而是在伸手進井的同時，從手心開始蜿蜒裂開，他的手探得多深入，傷口就爬得多長，所以才會一直被開到上臂，但拉到人後伸進的左手卻毫髮無傷。

玖深看著對方的手，露出愧疚的表情。

「和你沒關係。」一太安撫性地微微一笑，把青花椰叉進玖深的盤子裡。「並不是你讓我受傷，你也不是故意在井裡，所以不應該感到抱歉。」

「那個井問題很大。」阿方直接岔離傷口問題，挾了幾朵花椰菜到友人碗內，繼續道：「如果葉知岷的朋友失蹤時遇到和玖深哥，或者一太同樣的狀況，恐怕他早就不在了。」不是他要看衰，是第一時間沒有得救，後面的遭遇幾乎可想而知。

「唔……這個等阿柳檢查看看。」洗澡後，玖深把衣物和採樣都處理好，請周彥喆幫他快遞寄出，沒意外的話，阿柳最慢明早會收到，屆時就可知道沾在衣服上的是什麼。不過不用檢驗他也感到很不妙，畢竟屍臭味騙不了人。「井底很明顯有東西，那片藤蔓後面……」

「村裡的人應該不會輕易讓我們開井。」黎子泓比較顧慮的是這點，當年高中生失蹤，劉家不知道用什麼方法竟然讓警方放棄開井，否則當時下探深井，說不定會有別的收穫；即便追究承辦員警的失職，時至今日重要線索也已經難以追回了。現在他們突然想打開封井石，而劉家的老人還活著，恐怕不會那麼容易。

「……月黑風高？」玖深思考半夜偷開的可能性，接著自己反駁：「啊不行，正常狀況下沒輔助器材要很多人才打得開。」根本沒辦法偷偷摸摸開……他才不寄望不正常的狀況！

黎子泓思考走正規手續開井的可能性。

其實找葉家出面開是最快的，畢竟地與井都屬於葉家，這麼多年只是看在劉家死了個小孩的份上不計較，否則劉家死咬著不開井、不填井，在法律面壓根站不住腳。

葉家並非不知變通的家族。

葉知岷將深井的故事放給朋友做成密室關卡，同時也把眞實相片混入密室線索中，可見未必不想解決深井的事。反之，葉家可能相當想處理掉深井，但缺了一個理由與契機去克制劉家勢力，因此默認小輩把事情散播出去，看看有無外人破解。

一旦找到時機，葉家就會無視劉家開井，將想法告知其他三人，立即得到認同。

「既然都在事發地了，就從源頭找起吧。」黎子泓等人停留在幼溪村的時間無法太長，已耗費掉一日了，再加碼換班最多就剩兩天可以活動，所以幾人迅速商量，分工合作地去尋找最初的源頭。這不難，葉家已經收集許多資料，村內也有相應的村誌可以調閱，主要的重點還是放在劉家。

「劉家和詢問村民的事我們來吧。」一太勾起唇，說到與人溝通，他可是相當有經驗。「黎大哥、玖深哥，你們專心在資料上。」

就這麼拍板決定，趁著還沒完全進入深夜，除了被阿方強制須要休息的一太以外，另外三人打算在村裡走走。

玖深其實對那口井還有很重的陰影，但不主動靠近的話倒是沒太大問題，加上葉知岷也快回到老家了，所以他與對方聯繫好，直接去三合院等人。

「你們小心點。」

一太在玄關目送其他人離開。

□

民宿離三合院並不遠。

白天才走過一趟，當時爲了導覽劉家，所以周彥喆繞了比較遠的路，其實還有條比較短的路線，不過種種原因下，他還是挑上午小導遊帶他們走的那條。

這時間仍有不少村人在外散步、小孩們跑步玩耍，甚至還有些想夜間探訪景物的遊客，街上並不會感到幽暗陰森，反而有種熱鬧活力感。

經過劉家老宅時他不免又多看幾眼，老房子外頭剛好有一對小情侶正在拍照，看起來是觀光客，女生穿得挺漂亮、有點暗黑系，大概是因此才選夜晚在有點陰森的老洋房外取景。

另一邊的別墅外站著幾個中年人，似乎正盯著那對情侶看，面目被夜色覆蓋上一層陰影，看不清表情爲何。

玖深刻意在隱蔽處觀察了一會兒，確認這些人沒有對小情侶不利的舉動，才繼續往三合院出發。

與白天不同，入夜後的三合院前埕不見那些懶洋洋貓咪的蹤影，整個庭院變得很寬闊，不變的是老人依然坐在院裡板凳上，慢悠悠地雕著一塊木頭。

「葉阿公。」玖深在門口喊了聲，等葉爺爺揮手後才走進三合院。

「來。」老人拿起手邊竹籃裡的蘋果削了兩塊遞給客人，並指指旁邊的空凳子示意坐下，依然是一口懷舊口音：「身體卡好無？毋通憋著不講。」

「有啦。」接過蘋果，老家也在鄉村的玖深很習慣這種模式，直接把水果拋進嘴裡。「好甜。」

「一堆什麼關懷老人的大學生拿來的，多吃點，吃飽不驚。」老人知道上午鬧出來的事，布滿老繭的手拍拍玖深的手腕，寬慰道：「你是福氣大的，有驚無險，下半生平平安安。」

「好的。」玖深用力點點頭。

老人繼續雕著木料，漸漸成形的模樣是巴掌大的貓咪，呈現臥姿，雖然還只是雛形，不過有種樸實的美感。邊刻著貓形，老人邊開口：「你們要小心吃人井。」

吃人井是當地人私下為葉家右井取的名字，取的時間很早，劉家小孩找不到後大家就都在傳小孩被井吃了，葉知岷和周彥喆拿來的資料裡有標註。

「阿公覺得井真的吃人了嗎？」白天才剛被「吃」過的玖深皺起眉，摸摸手臂浮起來的雞皮疙瘩，硬著頭皮詢問。

「沒有吃人，那兩個小孩怎麼會不見了呢。」老人嘆息，神情出現一絲無奈，對於那名在三合院裡失蹤的高中學生他至今仍感到愧疚。那麼一條年紀輕輕的生命，不明不白地失蹤了，原本還有漫長的人生可以好好度過……真是可憐。「但阿岷的同學不應該啊，畢竟在裡面……」

「阿公你還記得那幾天的事情嗎？」玖深沒有聽出老人最後那句話的怪異，吃完蘋果後換了個姿勢抱著膝蓋問道：「什麼都可以。」

老人皺眉想了半晌，將木雕貓咪的半成品放進竹籃，隨後按著板凳有點緩頓地站起，朝玖深招招手。「來。」

玖深連忙跟上老人蹣跚的腳步，兩人一前一後往三合院右邊廂房走去。

葉知岷回老家時的住處在這邊，當年帶同學來玩也是安置在旁邊的空房通鋪，多年過去，這個充當客房的房間除了收掉被鋪、蓋上防塵罩外，並沒有太大改變或被他人使用。

當然，與三合院中人口凋零有很大的關係，這裡的獨居者早已不需那麼多房間，老人不缺錢，也沒精力將其改爲民宿，於是理所當然地空下來，固定一段時間會有兒子們聘僱的家事管理員過來清掃。

「這裡是阿岷房間。」老人指指旁邊昨天才收整乾淨的屋子，裡頭暫時一塵不染，應該是家事管理員剛來過的關係，空房也已打掃過，加上經常通風，沒什麼怪味，室內空氣相當正常。

玖深看著客房通鋪，這裡的燈還是比較老舊的燈管，太久沒更換了，燈光略微黯淡，屋內是可以睡五、六人的通鋪間，旁側擺放著衣櫃與老舊的木衣箱，室內除了進門的這扇門以外，並沒有其他出入口，唯一的窗戶早期上了花窗，現在還焊在原位。

通鋪使用的是三張並排的四角床，底下沒有置物。

所有陳設與葉知岷提供的資料一樣。

「那天啊，他們很晚了還在房間裡面玩，在外面都可以聽見聲音，我叫他們早點睡。」老人背著手，等玖深在房裡探看完畢後，才關上燈帶人慢慢走到三合院另外一側。「後來半夜我起床放尿，就在這個地方看見那個同學在外面遊蕩。」

老人停下的地方正好開著一扇側門，很清楚能看見庭院的動靜。

之後的事玖深也知道，那名高中生往後頭走去，當時後院與右井已經隔開，照理說不太可能從後院通向右井，除非高中生翻越圍牆。

跟著老人往後院走，這裡被閒著無事的老人闢成小菜圃，幾種可食用植物插在土裡蓬勃生長，旁側有條往左井的小徑。

左井與右井外觀一點也不像，當年事故加上劉家心懷不軌，葉家長輩特地請算命仙幫忙指點，修建出完全不同的左井，上頭刻畫了一些家宅平安的紋路與文字，內容大致是這口井什麼時間建成的。現今井邊安裝抽水器，井旁有小後門，左右鄰居偶爾會從這個小門進來打一點井水，小門開口的方位不朝向右井，而是接連幾個鄰居圍牆外的水溝、小道，平日不會有外人進入。

繞了圈後院，老人讓玖深自己看，便邁著慢吞吞的腳步走回屋內。

玖深看看隔絕右井那邊的高牆，高度實在不一般，靠近久盯有種詭異的壓迫。他感覺有點害怕，連忙倒退兩步，決定明天早上再帶黎檢過來一起探看，夜晚的後院陰森森的，他秒加快腳步逃逸回前埕。

老人這時已經不在庭院，竹籃被收進屋裡，主屋的燈開著，隱約可看見有人在活動的影子。

向屋內喊了幾聲表示要離開了，玖深拿出手機，黎子泓在群組留言已經向村長那邊借了村誌研究，阿方則是與偶遇的一些村民、遊客聊天。

正要踏出庭院的瞬間，他猛地抬起頭，脖子僵硬地轉向剛剛去過的右廂房。

通鋪房間的燈被點亮。

一道黑色人影站在花窗後，詭異的是，在黯淡的燈光下完全無法看見對方的模樣，眞的就是一條漆黑的影子，薄薄一層貼在窗戶上。

「……」

玖深往後退一步，想逃跑又想到葉爺爺還在屋裡。

至少要把老人家帶出來吧！

「喵～」

「啊！」

腳邊被毛毛的東西擦了一下，玖深嚇得往旁邊一衝，緊緊貼到圍牆，心有餘悸地看著門口突然冒出來的東西。

一隻白襪黑貓站在原地，既沒有被他過大的反應嚇到，也沒有逃跑，金色的眼睛凝視著差點把膽子嚇破的人類。

「喵～」

黑貓又發出聲音。

「……你應該是真的貓吧？」玖深抖著看貓，有影子，聲音和身體都很立體，於是嘗試把貓趕跑。「味、味，快跑……這裡有……有別的……」

貓並沒有搭理驚悚到快抽搐的人類，反而踏進庭院，三兩下就往主屋方向跑，很快地，裡頭傳來老人的聲音，看起來與白天那些一樣，是常常在這裡玩耍的小動物。

玖深吸口氣，硬著頭皮貼在圍牆上挪動，打算把屋裡的老人和貓搶救出來。

「你在幹什麼？」

「哇啊！」

葉知岷千里返鄉，剛踏進三合院就看見奇妙的畫面。

有個青年貼在他家圍牆邊，顫抖著往主屋方向移動，他一開口，對方彷彿受到極大的驚嚇，抱頭原地蹲下，看起來不知道該說詭異還是喜感。

「……玖深？」先前傳資料時，葉知岷靠關係從密室那邊拿到對方的錄影和相片，夜色因素所以第一時間沒看清長相，走近後馬上認出。

「……葉先生？」玖深過了好幾秒才回魂反應過來。

「我是人類。」想起對方在密室外生動地表露怕鬼的模樣，葉知岷咳了聲，表明自己是活物，然後找到牆邊的開關點亮附近的燈泡。「你在這裡做什麼？站得起來嗎？」

猛被一問，玖深下意識看向客房，不知何時，屋內的燈被重新關上，再度恢復黑暗閉窗的模樣。

「站、站得起來。」玖深扶著牆壁，慢慢地把自己從牆邊拔出來。

屋內的老人聽到聲響，踏著夾腳拖晃出來，黑貓就跟在老人腳邊，甩著尾巴很優雅地往旁邊一跳，跳上板凳，瞇起金色眼睛打量屋外兩人。

「瀾瀾也在啊。」葉知岷看見黑貓直接蹲下身逗弄，但並沒有被搭理，黑貓扭身跳到旁邊的行李箱上，姿態優雅地坐下來舔爪爪。

「這是你們養的貓？」玖深感覺黑貓看起來與白天庭院的那些不太一樣，原來是有人養的嗎。

「不，這裡的貓都是自由貓。」葉知岷起身，解釋道：「瀾瀾是第三代了，牠們家一直住在村裡的廟或一些沒人住的屋子，白天較常在阿公家，村裡隨處都有人餵食，三合院這邊也會定時提供貓飯。」

「貓咪友善村。」玖深恍然大悟，難怪白天會在三合院裡見到那麼多不怕人的貓。

「對，好像很多地方的老一輩都不太喜歡貓，尤其是白襪貓，不過在幼溪村這裡，貓是吉兆。」葉知岷笑笑地說：「據說百年前建村時發生火災，有隻白貓把陷在火海裡的嬰兒救出來，那時開始，幼溪村便認爲貓是吉物，但很可惜白貓沒活下來，火災原址後來改爲供奉貓神的廟，紀念白貓，到現在村裡很多小孩出生後會有長輩帶去小廟給白貓過一眼，保佑小孩平安長大。」

「原來如此。」不知道是不是因爲對方的解釋，玖深突然覺得安心了一點，也有可能是因爲現在人多，所以沒剛剛那麼害怕了。

「初次見面，葉知岷。」高大的男人向訪客伸出手，俊逸的面容帶著親切的笑意。「沒想到你們眞的會跑這一趟，非常感謝。」

「你好。」玖深連忙回握，雖然已在線上聊天時知道對方的姓名與職業，不過還是互換了名片。

深井原型提供者，葉知岷，三十歲，目前經營家中的產業，算是個富二代，與密室遊戲公司的老闆是交情相當深厚的朋友兼合作夥伴。

其父就是眼前老者的幼子。

老人一共有三個兒女，長子與幼子目前都在外地經營且取得不錯的成績，女兒數年前病故，兩個兒子從年輕時就想將父親接去都市，但被老人拒絕，只得聘僱村裡的人和家事管理員定期關照老父。

六十年前深井事故時，老人身爲當年家主的大兒子，親眼見證整件事的發生，多年來也經歷了與交惡的劉家頻頻過招的破事，接著送走上一輩，繼續與劉家的人糾纏。

「阿公你先休息，我自己來就好了。」葉知岷將老人送回屋裡，拉著行李箱就要往右廂房走。

「等……」玖深連忙抓住對方的手臂。

「沒事。」好像知道對方想說什麼，葉知岷笑了笑，「不是第一次發生。」

玖深唰地一下收回手，面帶驚恐地看著男人。

「密室……啊你沒進密室，密室裡有個關卡是窗外有黑影，這是原型。」葉知岷指指客房方向，聳聳肩說道：「我看過兩次，我姑姑看過一次，我阿公和我爸媽從來沒看過，但沒發生過其他不好的事情。」

貓坐在被拖著走的行李箱上，又喵了一聲，好像是在嘲笑訪客過度膽小。

膽戰地看著漆黑客房，玖深其實很想告訴對方以前沒有發生事情，不代表現在不會發生，阿因常常看到怪東西，有的好好的，有的會暴起，說到底出現就不對啊！

「你這裡等等。」可以理解對方的害怕，葉知岷快速把行李箱推進房間再快速出來，黑貓見沒有順風車可搭，三兩步跳上圍牆跑開了。「走吧，外面說。」

本以為外面是指圍牆外，但葉知岷帶著人轉了幾圈，來到村裡還亮著燈的街道，這裡有即將打烊的便利超商、休息中的郵局，和一些閉門店鋪，仍在營業的三間是炸物店、燒烤攤

和麵店，店裡坐了些未睡的村人與觀光客，尤其是燒烤攤，座位幾乎九成滿，氣氛很熱絡。

「村裡的店關很早，從以前到現在整村就他們三家營業到深夜，晚上眞找不到吃的東西可以來這邊碰碰運氣。」熟門熟路地帶領玖深走進燒烤攤，葉知岷問完有無忌口食物後，點了不少烤物，接著從冰箱裡拿出酒和飲料。「建華叔的燒烤很好吃，獨家祕方。喝酒嗎？」

玖深搖搖頭，目光放在忙碌烤肉的中年人身上……或者說老先生比較貼切，雖然看上去可能因爲仍在工作而意外地感覺年輕一些，但「建華」這名字……

王建華，六十年前在井邊遊玩的小孩之一，現在算上去應該六十七歲了，卻還很健壯，像個五十多歲的人。

老攤主旁邊還有個年輕許多的微駝男人在幫忙，葉知岷把飲料罐放在玖深桌前，說那是王建華的獨子，前幾年被裁員，回鄉跟著他爸學習，不曉得是想準備接手烤肉攤或去外地創業。

邊聽著青年講述村裡的一些事情，玖深發現對方雖然不怎麼回村，但出乎意料地對這裡還算了解，可能是因爲周彥喆或其他人會聊到吧。

等了一會兒，兩大盤烤肉送上來，雖然早先用過晚餐，不過烤肉香氣誘人，玖深還是認認眞眞地吃起熱騰騰的肉串，並且發現眞的很好吃，除了鹹香鹹香的也帶著點微甜，但又不會掩蓋食材本味，立刻能理解這時間點依舊那麼多人在這裡吃東西的原因，決定等等回去打包一份給另外三人當宵夜。

「三合院裡的影子，不是我同學。」

「噗、咳咳咳……」

認眞吃肉的玖深被突如其來的話直接嗆了一大口，差點沒被噎死。

罪魁禍首的葉知岷連忙遞礦泉水讓對方吞下去。

等玖深嗆完，坐在對面的人才不好意思地繼續說起剛剛的話題。

他同學失蹤後，他一共見過兩次窗前的黑影，一開始以爲是同學遇難的顯靈，還認眞詢問過對方下落，結果後來越想越不對。畢竟是同窗好友，幾乎每天相處，葉知岷是熟悉對方身影的，黑影乍出現時第一時間沒反應過來，事後發現黑影的身材根本不像他的朋友，影子更高大、更像成年人。

第二次黑影出現時，更讓他確認這點。

三合院的影子，是個陌生人。

「呃，是本來住在裡面……？」玖深想想這處三合院存在的時間也不短，有個幾個原住民逝世很正常，沒事出現在自家閒逛也很正常……個屁！他在家就不想看到！祖先也不行！

「不，應該不是我家長輩，我肯定是個陌生人。」葉知岷當初也想過是不是祖先，詢問後發現姑姑偶然之下也看過，兩人一起翻過家裡的老相本核對，身材輪廓依舊對不上，而且三合院是四代之內蓋的，更之前的祖先不應該會跑來這裡固定顯靈。「就很奇怪，以前都沒有，偏偏我同學失蹤之後才出現。」

後來他也把這件事告訴密室老闆，就和深井事件一樣，成爲元素一起被加入密室鬼屋裡，不過密室中的數量比較多就是，畢竟是以嚇人爲商業賣點，眞實情況則是僅只一個。

「這位不知道怎麼出現的。」多年過去，葉知岷仍然找不到答案。也確實和黎子泓猜想的差不多，他在長輩們默許後，將深井和相關物事放進密室遊戲中，是存著一點有沒有人可以找出線索的僥倖。因此玖深發現老照片和井有問題時，他才會趕緊把眞實資料傳給對方。

他想弄掉右井很久了，也想搞清楚花窗後的人影很久了。

主要還是處理井，畢竟劉家和那口井，比起黑影更讓人討厭。

「老實講，其實我還有請人幫我偷拍劉家祭井的影片，這次打算一起給你們。」葉知岷嚼著豆干，喝了口啤酒。

「……之前怎麼不給？」玖深抓著竹籤，感覺剛剛的食慾都蒸發了，現在胃縮成一團，有點點痛。

「怕你一開始收到影片，直接嚇跑。」發現者膽子太小，在密室外都可以嚇得半死，因此葉知岷覺得如果一口氣把影片塞過去，這位鑑識恐怕第一時間就逃得遠遠，不會和他線上聊那麼久，他批次分開把資料餵給對方，就是藉此溫水煮青蛙。

雖然手段陰險又缺德，但他不想放過可能性。

「……」

玖深看看烤肉，看看黑抹抹的天空。

感覺可能是最後一餐了。

□

夜間，民宿四人組重新會合於大廳。

伴隨著一名葉姓訪客與三大袋的烤肉。

「烤肉眞的很好吃。」

雖然討論話題讓人很害怕，但打包時玖深依然開啓了美食失智狀態，整整點滿三大袋，紙袋裡的竹籤插得密密麻麻，分量非常足夠，老闆甚至人很好地借他們一個保溫袋，讓葉知岷明天拿回去就可以了。

「喝酒了？」一太聞到淡淡的啤酒味，邊拆袋子邊隨口問。

玖深立刻搖頭，「上班不喝酒，喝酒不上班，這個世界不能隨便茫。」

「可是玖深哥你也沒在上班啊。」阿方感覺對方的回應有點神祕。

「……」玖深猛地想起「對欸自己並沒有在上班」，然而現在這狀態也不像放假，想來想去都很悲劇，只好轉頭忿忿咬豆干。

跟著過來的葉知岷笑了聲，他提來的都是果汁飲料，倒也沒有打算講正式事情時，把一屋子年輕人灌茫。

民宿一樓公用大廳有七十多吋的大螢幕與立體環繞音響，也有布幕可以向民宿主人借投影機，當初設計時，就是要讓住客拿來休閒玩樂打遊戲、看影片等等交誼使用的。

現在被拿來播放鄉村民俗記錄、簡稱偷拍的祭井片，大概是民宿主人沒有預料到的。

「……我們看這個要這麼有儀式感嗎？」原本以為要用筆電或平板看的玖深沒想到居然是家庭劇院播放模式，整個人連連後退，胃痛再度「牙起來」。「這樣不會影響其他住客嗎？」

「放心，這段時間只有你們住。」葉知岷來之前已經打聽過了，這幾天都沒有人住民宿，除了包頂層的這幾人。「設備不用白不用。」說話間，他已經把螢幕與自己的平板連好線，點開先前委託人拍攝的影片。

劉家在村裡祭井的事情不算稀奇，這麼多年來全村都知道這鬼事，但他們祭井時整個家族、包括相關勢力，都會出動清道，杜絕外人目光，甚至連葉家的人也時常被驅逐，很有乞丐趕廟公的意思。

這也表示偷拍者弄到這段影片花了極大的心血，主要還是得感謝現今科技發達。劉家會做反偵測所以無法架設針孔，但可以利用器材與多人遠處拍攝的方式；偷拍者收集所有影片後進行重點剪輯，成果居然相當具有氣氛效果。

影片一開始是在黑夜。

劉家老宅一反常態，燈火通明，穿著黑色衣飾的人們無聲地進出準備，仔細一看，每個人臉上甚至都戴有相同的黑色口罩，幾乎只露出一雙眼睛，彷彿被集體封印了聲音，連交流都是以簡單的手勢進行。

「祭井不能開口說話。」葉知岷坐在一邊，目光掃了下縮成一團的玖深，淡淡地向大家說明：「從這天入夜開始，一直到祭井結束、天亮之前，都不能出聲，這段時間只有他們聘來的法師可以開口，也就是這位。」

不知哪裡出現的雷射筆紅光在螢幕上的某個人身上畫了一圈。

影片中拿著兩片葉子不曉得在比劃什麼的是個中年人，看起來約莫四、五十歲，長相周正，很有種世外高人的刻板模樣。

過了一會兒，所謂的時辰已到，劉家滿院的人依序排出兩條隊伍，男女各一條，由老到少，非常有秩序地一個個走入老宅主屋內，再一個個由兩側小門走出。雖然沒有拍攝到他們入屋做什麼，但由後面小輩們相似的按壓手臂的動作，倒是可以推出一二。

「這很像打針，或抽血。」下午才去過醫院的阿方立刻想到這種眼熟動作的含意。

「應該是抽血。」黎子泓看到有個人按了按手臂又按了按手背，動作似乎有點懊惱，還向旁邊的同行者聳聳肩表達無奈。

詭異的集體抽血過了好一會兒，直到幾乎整個院子的人都做過一輪後才停止，接著法師在升起的祭台前進行一連串法事，隨後以法師爲首，帶領十人各自捧著一盒盒物品，披著深沉的夜色開始往葉家右井出發。

提前清過道，深夜路上一個人也沒有，大部分人家已熄燈無聲，靜默到連狗都沒發出吠叫，十人陣如同幽魂飄過大街小巷，最終穿進已經開好鐵門的窄巷裡，在那裡，已經布置好另一座小型祭壇，蠟燭與各式香火紙錢、供品環繞吃人井。

影片拍攝者礙於距離無法拍攝細節，只能看見劉家與固守在井邊的人會合後，使用簡易機台移開封井石，法師的唸咒聲如鬼魅的低喃迴盪在夜風中，忽高忽低的無形氣流捲動著周遭飛散的紙錢和餘燼，接著十人陣開始依序把盒子裡的東西倒進井裡。

祭祀流程持續了四十多分鐘，法師才帶領其餘人重新放回封井石，依序退出窄巷。後續便沒有其他特別事物了，拍攝者們很敬業地一路跟拍到早上，只見劉家人天亮後在老宅就地解散，打招呼回住處洗洗睡，結束一夜奇異的行徑。

黎子泓凝視著停止播放的螢幕微微皺起眉頭，回頭想和玖深討論影片裡的異常，發現對方已整個褪色褪得很嚴重，可能一時半刻無法從精神打擊下復活，他有點無語地向葉知岷報了兩個時間，讓對方把影片停在指定點，並截取畫面。

兩幅畫面分別爲十人陣上前傾倒盒子內物品時，井的一側出現像是爪子般的細長物體，但因爲是在深夜拍攝，加上位置非常偏，所以極不明顯。另外一幅則是井內有一瞬出現奇怪的光點，不過也就短短不到一秒。

因爲影片只播放一次，還未完全過濾細節，但黎子泓覺得應該不只這些，倒是旁邊的葉知岷嘖嘖幾聲，說果然職業屬性就是不一樣，他重複看過這支影片很多次，就是沒注意過這兩個奇怪的地方。

謹愼起見，加上有專家比自己更懂得如何處理這類影像畫面，黎子泓想了想，還是把完整影片傳給他學弟，借用一下對方的能力。

「……還有。」縮在最後方的玖深瑟瑟發抖地打起精神，指出最不對勁之處：「字變了。」

被陰影覆蓋與眾人遮遮掩掩的吃人井，老舊的井身花紋不知何時變了紋路，相當不明顯地呈現出異樣字句。

「咦？」

清晨不到六點，虞因打開工作室大門，非常意外看見平常這時間不會在裡頭的人……應該說兩人。「你們怎麼這麼早？」

他是因為昨晚有個學長從外縣市回來工作，結果工作箱被其他同事誤拿，造成無工具可用，發出求援後借到他這邊，才跟人約了這時間。

難得在大廳小吧台邊看螢幕的東風坐在調高的椅子上晃著雙腳，嘴上叼著能量包，吧台後是又來尋找睡眠鄉的甜點店老闆，後者頂著一臉七天沒睡快猝死的模樣，還認真地端出兩杯香濃的抹茶奶蓋與一碟舒芙蕾。

「我四點來的時候他已經在這裡了。」老闆打了個哈欠，把甜點與飲料推向剛到的工作室主人。

東風懶得解釋，被傳染似地跟著打了個哈欠，很沒精神地把視線放到香噴噴的舒芙蕾上，但沒感覺到食慾，於是將盤子推回給甜點店老闆。

詢問過老闆，虞因將對方再度製作的新一份舒芙蕾套餐，連同昨晚聿做好的鹹派加熱後打包好，交給趕來的學長，再把頻頻道謝的人送走，接著轉回東風正在看的螢幕畫面。

看起來很像鬼片，但出現在這裡的話比較可能是眞實記錄畫面，加上旁邊還有一疊畫過的紙張，大致可以看得出來東風正一邊觀看影片，一邊把裡面可疑的事物標畫下來，是他平常處理有問題畫面的手法。

「警局傳來的？」虞因知道兩個小的有幫警局做事，常常會在他們的螢幕上看見奇奇怪怪的東西，包含但不限於各種五花八門的文字，奇怪的圖案、符號標誌，甚至還有馬賽克一樣的密碼。

「學長和玖深。」東風一看影片就知道這兩傢伙跑哪裡了，比較意外的是不敢進密室的玖深居然敢去事件起源地，還傳來這種畫面，都可以想像到他變成一團球的狀態了。

「……深井？」看幾秒影片，虞因立刻認出來，畢竟先前曾聽大家討論過這件事，也知道玖深手上有葉知岷的資料，但他以爲會是嚴司啊或者嚴司搞事跑去當地一遊，沒想到居然是最害怕的那個人。「玖深哥這個行動力……」

「他不是怕鬼嗎？」和這群人混久了，甜點店老闆多少摸清楚幾人的性格，剛剛他在做點心時就已經半聽半看了一輪祭祀影片，一開始還以爲是什麼送肉粽，等到井出現就意識到是先前那個拿到招待券的密室遊戲。

「玖深哥是很怕鬼，不過有案子的話他還是會衝。」虞因相當佩服對方這點，怕得要死依然邊害怕邊處理，堅守崗位多年，職業傷害都可以寫成一本厚厚的書了。

「一太和阿方好像也去那邊了。」東風翻著稍早前的對話記錄，他學長把影片等東西傳送過來後，稍微講解現況。

「這又是什麼奇妙的組合。」虞因怎麼覺得某人仗著越來越發達的天線跑去看熱鬧？這樣眞的好嗎！

總之，螢幕裡的影片再次重播，出現了那場無聲又詭異的深井夜祭。

三人用那個夜晚的記錄配著早餐，對這些事較沒那麼有興趣的老闆稍微分心到口中鹹派的調味與製作，嚼著豐富濃郁又十分爽口的餡料，思考著晚點找聿討論配方。

吃完餐點，甜點店老闆實在撐不下去，整理完杯盤、打過招呼後，逕自找地方睡了。

東風邊看著畫面，邊整理手邊平板裡的圖片，確認目前已抓出的問題段落無誤。

也因如此，並沒有發現旁側友人的異狀。

緊緊盯著畫面的虞因不知何時把手上的杯子放置在吧台桌上。

十人陣與法師出行時，他看見尾隨在隊伍後的還有「第十二人」，手持紅色的燈籠，一盪一盪搖曳著幽冷的燭光，劃出異樣軌跡。

與其他人不同，拿著紅色燈籠的人踏行於圍牆上，周遭建築或路燈全然投射不出對方該有的影子。

他並不是第一次見到這盞燈籠。

雖然跟隨的人完全沒有顯形，然而可以看出輕微擺動的裙角。

十人陣進入窄巷時，紅燈籠就站在圍牆上望著這些人的一舉一動，陰暗燭光映射下，深井邊的影子裡慢慢伸出一隻無人窺見的黑色爪子，探出井口的細長五指似人又不同於人類，像禽爪又不像禽爪，尖銳指尖後的指節極長且凹折扭曲，一合一張著正在渴望某種東西。

立於現實的人類們看不見影子裡的黑爪，法師站在祭壇前揮動無形術法，人們沉默虔誠，燃燒香燭的氣味透過螢幕來到世界的另外一邊，並揚起暗灰色的污濁氣流。

你害怕嗎……

香灰朝四周擴散，原先瀰漫餐食餘香的大廳被不祥味道遮蓋。

虞因在黑暗籠罩中猛然回過神。

他看見自己滿手濃稠的鮮血。

深井幾乎近在眼前，血色將井身染得更黑，凸顯出隱藏其中的不明文字。

那是前人留下的某種暗示，長年被陰暗覆蓋，難以再給予後人更多線索。

漆黑的井裡窸窸窣窣地傳來細微的攀爬聲響，在那下面有著乾枯植物與沿著它不斷向上的生物。

血和肉……

食物……

恐懼……

代價……

留下……

「虞因！」

冰冷的水潑到臉上，所有燃燒氣味、血味、腐朽味，與幾乎已攀至井口的聲音全數消失。

讓人窒息的陰暗破開，日光燈刺眼到眼球像差點被撕開。

虞因摀住突然痛起來的眼，指縫間隱約看見從井口收回去的黑爪。

「手拿開。」

蒼白的手指按壓淨水瓶噴頭，沖掉冒出來的黑色血珠。

好一會兒後，虞因臉上刺痛消退，逐漸看清熟悉的大廳裝潢。

「……我不知道那是什麼，不像人。」接過面紙，虞因擦掉臉上剩下的液體，紅的黑的混合在白色的纖維面上，一點氣味都沒有。「有點恐怖……」

「跟過來了嗎？」東風晃了晃沒剩多少的淨水，有預感晚點應該又要被大師罵了。

「沒有，比較像傳遞訊息，井裡面的東西好像不能隨便出來。」虞因甩甩腦袋、拿來紙筆，快速勾勒出一個提燈籠的無頭輪廓。「又是『她』。」

至今身分不明的「人」。

很快地，白紙上出現古井與黑爪。

東風打開畫冊，上面也是相同的井與爪，還有幾根乾枯的藤蔓。

「應該先告訴他們。」

指尖敲敲畫紙上的幾幅黑爪。

「爪子長得不一樣。」

□

「爪子長得不一樣？」

黎子泓微微皺起眉，看著一大早收到的訊息與接連好幾張圖樣、截圖。雖說同樣是細長黑爪，但圖紙與影片截圖放大後，確實有細微的不同處。

重新檢視了整段夜祭影片，出現異樣的部分比他們原本預期的多很多，最明顯的是窄巷周邊有片片斑駁的影子，標示完之後，赫然發現是男女老少的身影，就這樣黏貼在四周，無聲地凝視著那些正在作法的活人們。

祭祀過程中共出現爪子三次，一次在黎子泓發現的時間點，另外兩次則在法事進行時瞬閃而過，時間極短，若沒有刻意暫停影片，幾乎無法發現。

三次的爪子都不同。

變形了？

還是至少有兩個「存在」？

「黎大哥？你好早。」晨起的阿方一眼就看見在小客廳裡端坐的青年，稍微有點訝異，他還以爲最早的是自己，畢竟昨晚大家看影片看到深夜，現在也才過了三、四個小時，連一向早起的一太仍正帶傷熟睡。「昨天和民宿老闆約七點送早餐，應該放在樓下了，我下去拿。」

「謝謝。」黎子泓點點頭，繼續翻看平板內的圖片。

葉知岷提供的影片其實內含不少訊息，不過昨夜時間太晚了，他作主讓小孩們先去休息，早上起床後自己再著手整理。

法師作法的影片段落他也傳給周震，希望對方可以弄清楚法事內容爲何。

阿方上來時除了提了一袋放滿早餐的保溫袋，還有兩壺現沖的咖啡與茶。「咖啡豆和茶都自己帶的，如果口味不合就將就一下。」因爲有個出發前往行李箱塞咖啡豆和茶包的友人，於是這兩樣也成爲早餐的一部分。

「太感謝了。」黎子泓原本打算拿民宿提供的茶包或是在附近超商買，帶著謝意接過清香的茶水。

民宿配合的幾家早餐店在幼溪村都是數一數二知名，除了昨日的烤肉三明治和飯糰，今天還加入其他熱門店，一打開袋子，中西餐皆有，極為貼心，同時分量也調整成四人份，相較昨日，分量看起來更龐大了。

黎子泓接過熱騰騰的三明治，揉揉眼睛。

阿方拿好飯糰坐到旁邊看著平板上的資料，發現幾乎都整理好了，還有一整份新的檔案。「阿因他們也看見怪東西？」

「嗯。」黎子泓對虞因有點抱歉，他是真的沒想到先前玩密室沒出問題，卻在看這段影片時出現異況。東風回傳的訊息可能被他們輕描淡寫簡化過，但無論症狀輕或重，必定都不會舒服。「一太還好嗎？」

「睡前吃了藥，睡得還算不錯。」阿方反射性看了眼房門。因為黎檢到了，玖深便搬回去另個房間，他也就理所當然回原臥室。

話才剛說完，躺著某鑑識的房間突然傳出連串乒乒乓乓的聲響，接著一下撞在門板上。

阿方立刻過去打開房門，摀著腦袋的青年幾乎是連滾帶爬地跑出來。

「有個怪、怪老頭在偷看！」大清早被嚇得夠嗆的玖深指著房間陽台。他剛起床時腦子還不太清楚，下意識看窗外天色，結果看到對面透天三樓的某扇窗戶裡露出半張臉，詭異地朝向他這邊，他瞬間沒反應過來是什麼，後知後覺才發現那張臉正用不太合理的半顛倒角度與他視線相對，雞皮疙瘩直衝腦袋。

阿方與黎子泓一前一後進入房間，果然看到那半張陰冷的老臉，已經轉回正常角度的臉孔上帶著不太正常的癲狂。

「……劉家的老人。」黎子泓提前看過劉家老宅居住者們的部分資料，那張臉就存在檔案裡。

陰森森地看著外地人一會兒後，老人把臉縮回屋內。

「那棟房子也是他家的嗎？」阿方唰地拉上窗簾。不得不說老人搞這麼一下還眞讓人毛骨悚然，即使拉了窗簾都還有種被窺視的錯覺。「玖深哥你心臟還安好吧？」

玖深蹲在門外，摀著緊繃又瘋狂跳動太陽穴，悲傷地開口：「還安好。」到底爲什麼一大早要這樣被嚇，他昨晚被嚇到睡著，好不容易起床時心情平復了點，現在又把他膽子吊高了。

被聲音吵醒的一太打著哈欠走過來，他推房門時正好聽見幾人說的話，於是補了句：「該不會和我昨天遇到的是同一人？」

「從年紀來看或許是。」幾人回到客廳，黎子泓打開劉家的本村人口資料，高齡八十六歲的劉志明爲劉家老宅所有人，同時也是目前劉家的大家長。

「就是他。」玖深秒認出把自己嚇得夠嗆的人臉，一旁的一太也點點頭。

既然大家都清醒了、也知道老人不是鬼，便紛紛坐下來開始吃起早餐，順便交換昨天至今天收集到的各種資訊。

這話題對玖深來說當然不是什麼配飯的好材料，不過因爲有這幾年的鍛鍊，總之他依然努力地邊吃蛋餅邊看著衝擊力對他而言比較小的繪圖，重點放在三隻不同的黑爪上。

東風在描繪這些東西時滿貼心的，除了放大之外也刻意把重要細節標示出來，再搭配照片，更能看清楚差異處。

另外還有一張是井身上的文字。

這與昨天他們在影片裡看見的改變的殘損文字差不多，已經簡單辨識出的字句分別爲——

■■血路　貪■■■
■■生者　吞滅■■
■有■祟　■■幽冥
恐懼■■　■夢■■

「……要填空的地方太多了吧。」

阿方非常不擅長這類事情，於是直覺吐槽了句。

「沒填空的地方也太可怕了吧。」玖深差點被蛋餅噎到。上面那些殘字怎麼看都比之前的一小句還要恐怖，簡直全都須要打馬賽克。

「至少可以知道井底下有怪東西呢。」一太微笑著咬了口別人的飯糰過嘴癮，有點行動不便地單手拿湯匙翻動熱騰騰的蔬菜魚片粥。民宿老闆知道有傷患，特地弄了一碗無調味的營養粥，雖然很暖心，但也缺了點味道，而人在不能吃調味的時候更想吃重口味。

「一開始就知道下面有怪東西……」去過一輪遊的玖深邊感覺精神痛苦，邊繼續把剩下的早餐吃完。恐怖歸恐怖，食物還是不可以浪費，就可惜了美味全被打折扣。

須填空的地方大多是磨損或是被血污、不明污漬損壞，東風那邊盡量修復可見的文字，剩下的大概得花時間處理，或者重新走一趟。

按照虞因的感覺，這似乎是給「外界」的某種提示，但遭到不正常的破壞，多少可以證明內容恐怕有些重要。

說到這件事，昨天玖深蒸發之前幾個人也在拍井身，然而早上黎子泓整理那些影片時，發現井上的文字卻是和之前葉知岷給的那些相同。

也就是說，如果這段字不是出現時間有限定或有某種觸發條件，就是曾因爲某些原因磨改掉了。

正思考會不會要進行祭祀才能出現這些文字之際，無人的房間突然傳出一聲巨響。

最靠近房間的阿方猛地推開房門，入眼的是他們的房內亂成一團，背包行李什麼的全都翻落在地，甚至房內原有的桌椅無一倖免地翻成四腳朝天。

一排黑紅血色爪印從床鋪位置攀至天花板中央。

□

被請過來的民宿屋主看著氧化泛黑的印子。

「呃……我很確定房子沒有死過人。」

回過頭，屋主與趕過來的葉知岷、周彥喆幾人面面相覷，補上：「土地也很乾淨，這塊地我阿公那年代就是我們家的了，絕對沒問題。你們有頭緒嗎？」

葉知岷深深看了爪印幾眼，拉著屋主到旁邊低聲講了幾句話。站比較遠的黎子泓等人隱約聽見葉知岷承諾說會補償相關維修與整理費用，請屋主暫時不要把這裡發生的事情說出去，之後邊道歉邊把人送離。

「這是跟過來了嗎？」周彥喆嗅著房裡的一絲腥味，接著打開窗戶讓空氣流通。「你們昨天還有做什麼嗎？」

「……吃宵夜？」玖深想想，除了他掉井裡、在葉家老宅看到怪東西，以及一太受傷，後來就沒有什麼奇怪的事情發生。

「建華伯的燒烤沒毒吧。」從小吃到大的周彥喆歪頭。

「等等，你們不覺得印子有方向嗎？」玖深扒在阿方身後，指指房內的天花板。那排爪印的起點到終點之間，行走方向是一致的，但最後一枚卻微微歪斜，朝往的方位正好是一太昨晚睡的那張床。

「因爲昨天在井裡流血的關係？」一太看了眼仍無法動彈的手臂，自然而然猜到這個可能性。假設爪子盯上了他，最大原因應該就是餵血這點，循著血味而來，或者因爲血產生了某種綁定，說不定現在那東西就在看不見的黑暗處等待發作。

「可是我整個人都進去了，而且我好像也有被留痕，應該先找我？」雖然很不想這麼說，但玖深比較希望自己被排在前面，其他人不要受到傷害。

黎子泓把事情與幾人的猜測傳給周震。

沒幾分鐘，周震打了視訊電話過來，一接通就看見大師嚴肅的神情。

周震知道對方是怎麼受傷的，透過鏡頭畫面指示對方先拆下包紮，紗布才剛拆一小角，就暴露出泛黑並爬出黑紫色細絲、嚴重惡化的傷處。「靠杯你不痛嗎？之前給你們的淨水還有沒有剩？拿去和食鹽水一起沖一沖看看狀況。」

葉知岷和周彥喆兩人連忙拿好手機站到外圍充當攝影架，不敢妨礙其他人動作。

話說回來這些人動作也太熟練……

不知道葉知岷兩人內心的想法，阿方和玖深一個拆繃帶、一個把幾人手邊有的淨水噴罐集中起來，按照大師說的比例調製。幸好昨天因爲傷口太大，阿方在醫院那邊多買了幾罐生理食鹽水，避免清潔傷口時不夠用，現在直接派上了用場。

沒拆不曉得，現在繃帶一拆才發現整條傷口全都泛黑，手腕處還有細微的爪痕，在手背處則出現一個類似「◎」的圈中圈痕跡。

「被做記號了。」周震的人影離開鏡頭前，鏡頭外傳來連串整理東西的聲響。「附近有沒有宮廟？先去待著，我馬上出發。」

「青山娘娘可以嗎？」

「青山娘娘可以嗎？」

一模一樣的話分別從葉知岷和周彥喆嘴裡傳來。

「就是貓神廟。」葉知岷連忙解釋：「我們這裡叫青山娘娘。」

青山娘娘的貓神廟也記錄在幼溪村的旅遊攻略裡，是本地知名景點，有做過遊玩功課的一太立即聽懂兩人口中的小廟。

「守護神廟也可以。」周震一聽直接道。若當地人有事便直覺找那個地方，就表示那裡有基本罩人的能力和一定的香火信仰。

向比較穩重的黎子泓交代此話後，周震先掛掉視訊去開車了。

旁邊的玖深很仔細地拿著混合淨水的食鹽水沖洗發黑的傷口，隨著傷口洗了一遍又一遍，詭異且不吉利的沉黑彷彿褪色般被洗刷掉一層，但仍留有殘色，死死地攀附在血肉裡，連那個圈中圈都沒淡多少。眼見洗不掉，只能按大師交代的重新上藥包紮，留下僅存的備用淨水隔段時間再處理。

幾人簡單整理行李後準備離開民宿，前往白貓的小廟。

不過才剛打開大門，就先看見黑貓端坐在門外，對著眾人發出一聲：「喵～」

「瀾瀾早。」周彥喆蹲下身，拿出口袋裡的肉泥條晃了晃。

黑貓嗅嗅包裝袋，沒表現想吃的興趣，金色的眼睛直勾勾地盯著外來者們看。

「呃……我們須要跟牠走嗎？」玖深看著態度不正常的貓，腦洞一開，直覺問道。

「喵～」黑貓起身，甩甩尾巴，一下就跳到圍牆上，繼續盯著幾人看，竟還真有種像是要帶路的模樣。

「我感覺應該要跟牠走。」一太點點頭。

一行人你看我、我看你，最後眞的集體跟著圍牆上的貓走。

「所以牠是……三代？爲什麼說三代？」走在比較後面，玖深小心翼翼地壓低聲音詢問旁邊幫忙提行李的葉知岷。

「不是說我們葉家曾遇過一位路過的算命仙嗎？當時算命仙帶著一隻白腳黑貓，叫觀瀾。」葉知岷看了眼走在前方的貓屁股，說道：「不知道爲什麼觀瀾留在我們村裡，瀾瀾是第三代。說起來，青山娘娘據說也不是我們村裡本來的貓，是建村那時的村長找來路過的風水師幫忙推算，風水師帶來的白貓『青山』也留下來了，可惜沒多久就死了。」

白貓於後來的大火事件中救出嬰孩，但重傷不治死亡。

「名字聽起來好像同系列……」玖深不自覺跟著看向黑貓。

「不知道有沒有關係。」葉知岷搖搖頭。青山娘娘的傳聞雖然有刻在供奉的廟裡面，但並沒有與之後出現的觀瀾貓有關聯之類的記錄，很可能只是湊巧當時算命仙與風水師正好都把貓留著給村人養而已。

「喵～！」黑貓扭過頭，突然對落後的兩人一聲叫，活像當場抓到說八卦。

「……」

「……」

玖深開始覺得，貓貓的智商恐怕有一八〇。

出乎意料之外，高智商貓貓並沒有將人類帶到青山娘娘的守護廟，而是帶到葉家三合院門口。

滿院子的貓同時抬頭，一堆大大小小、顏色不同的眼睛凝視著遊客們。

黑貓蹦進貓群，貓貓們轉回頭又開始各自曬太陽的動作。

貓群裡正在削木頭的老爺爺抬起頭，露出和藹的笑容：「怎麼都跑過來了？裡面坐，剛好有一批水果很甜。」

老人說著正欲起身招呼客人，周彥喆直接熟門熟路地拿走水果籃，去廚房切水果了。

葉知岷走去旁邊小倉庫翻出幾張板凳排開，問了老人還有沒有乾淨的空房間後，就進去整理和換枕被，以防大家晚點可能會在這裡留宿。畢竟不管怎麼看，民宿那邊不太安全，但也可以請民宿老闆幫準備樓下房間備用就是。

被留下的四人看著一院子的貓和繼續削木頭的老人。

過了好半晌，老人吹掉木頭上的粉屑，才突然開口：「放心，青山嬤時不時會來這裡巡，妖魔鬼怪踏不進門檻。」

「是指右邊井的東西也無法過來嗎？」黎子泓與一太互換了眼神，詢問道。

坐在一旁的玖深唔了聲，本來想說但他和葉知岷都在客房通鋪看過黑影，不過並沒有立即插嘴。

「對，這些貓都是青山嬤的從屬，有牠們在，妖魔鬼怪不敢在這裡黑白來。」老人彎下腰，粗糙的手掌摸了摸伏在腳邊的虎斑貓，身形比一般貓稍大半圈的虎斑發出低沉的叫聲，好像是在贊同老人的話。「所以，葉家啊，不能搬。」

短短幾句話，幾乎說明了為什麼老人沒有離開老家去跟兒孫們共享天倫，而是在住了一輩子的老地方成為別人嘴裡的孤單老人。

「阿岷還年輕，不懂，不過不是壞事。」似乎沒有意識到訪客們肅然的神色，老人微微笑著將手邊的貓形木雕放進竹籃裡，裡頭擺放了幾個不同姿態的貓木雕。「你們啊，要做什麼都可以，但要小心安全。」

「……阿公你知道井裡面有什麼嗎？」玖深試探性地開口。

「怎麼會知道呢。」老人笑著說：「阿公又沒有下去過。」

「……」下去過的玖深感覺毛毛的。

黎子泓從旁觀察了一會兒，發現老人眼神、反應都相當正常，並沒有明顯的年老退化症狀。

如果檔案沒錯，當年老者已二十多歲，應該很清楚算命仙與整個右井事故的經過，然而資料裡並沒有記錄葉家與算命仙詳談的內容，有的僅是說井爲惡和風水有問題這些，葉知岷詢問過他爸，也被回以長輩不太提，只模糊聽過幾句。

「葉阿公你還記得當年算命仙來的事情嗎？」事件經過等等已經透過葉知岷知曉，黎子泓更想知道的是不在村誌記錄、也不被小輩們所知的那些，以及讓葉家放任劉家囂張這麼多年的理由。

整理房間的葉知岷和切水果的周彥喆不知不覺已完成手邊工作，拉來了椅子環坐在側，也很好奇。尤其是葉知岷，他從小到大都不理解爲什麼長輩要讓劉家騎在頭上，不反抗也不搬走，一度認爲這種隱忍極爲懦弱，叛逆期時還因爲這樣，幾次過節不想回老家。

「對啊阿公，當年算命仙到底說啥？爲什麼這麼多年來我們葉家要忍受劉家在那邊搞事？我每次問我爸他都說不太知道，您只跟他講不要搭理他們。」葉知岷想填掉那口井超久了，但礙於長輩和一些村裡劉家派系的老傢伙道德綁架，遲遲沒法動手。

一個小孩掉進井裡眞的可以這樣無限上綱嗎？

再怎麼說，也都是幾十年前的事了。

「嗯……我想想……」

□

葉輝安，六十年前也不過是二十多歲的青年。

不過那個年代早娶早嫁，他與外地打拚的弟弟在父母安排下各自娶了賢慧的妻子，並各有各的孩子。

身爲長子的葉輝安繼承家裡一半田地，做農事、侍奉父母長輩，並將另一半貸出，換來的錢交給腦袋更好的弟弟作爲經商的資金。

該說葉家運氣好，弟弟搭上了那年台灣經濟起飛的商業船，賺了不少錢，甚至在貴人引介下投資了國外企業，得到驚人的利潤，隨後感恩圖報地回村買地蓋起三合院，供父母與哥哥一家居住。

三合院的建造如火如荼，村裡的人農作下工或茶餘飯後就喜歡到三合院周邊走走繞繞，看看人家蓋大房子，包括那口當時被劉家指點過的右井。

劉家，世家旁系，背景和財力雄厚，幼溪村還未建村時，他們就已經在本地淘得第一桶金，建村後更早早蓋起了奢侈的洋房。因世家之故，劉家一直很相信風水，還傳聞家族有供養風水師的習慣，在民智未開的年代，村裡很多人對地位不一般的劉家極度景仰推崇，加上租田、走商等利益鏈，形成了一股屬於劉家的勢力。

某天葉輝安在村外較爲偏僻的農田巡完田水正要返家，遇到了一名帶著白腳黑貓的年輕人向他討一點食物。

年輕人看上去不大，可能與葉輝安差不了多少。

與幾十年後葉知岷等後輩所知的不同，其實這才是葉家與算命師眞正的第一次會面，那時劉家的小孫子還活著，在村裡當小霸王。

那時的葉輝安只以爲對方是個路過的行腳客，畢竟對方臉上沒寫算命師，也沒穿著符合身分的衣飾或佩戴裝備，就是個服裝很普通的旅人，雖然帶著黑貓有點不太尋常。不過在供奉青山娘娘的村莊，貓在村人眼裡極爲普通、甚至可說是吉祥，葉輝安一時倒是沒覺得有哪裡不對勁。

行腳客討的食物不是自己吃，而是要給貓吃，一人一貓走山路時遇到強盜，錢和食物被刮得精光，還捱了揍。抱著人不吃不會死但不能餓到貓的想法，行腳客說了實話，還希望可以的話，給貓好一點的食物，沒想到直接在葉輝安這邊刷起大大的好感。

愛貓的葉家長子把身上帶的食物和錢都送給行腳客，並表示不夠可以回家取，還很熱絡地邀請對方作客，然而被當時有要事在身的行腳客拒絕，只承諾會回來報一飯之恩。

半月後，劉家小兒子墜井，行蹤成謎。

隨後，算命仙路過村莊，這次的打扮就非常像個眞正的算命仙。

算命仙到葉家門口，敲開門扉請求一飯之食。

葉輝安當時不在家還不知道此事，但家裡人依舊很熱情地招呼外來的客人，因此算命仙給予預警，就是後輩知道的深井有異、井點將招厄的那些說法，然後與返家的葉輝安、葉家老父進行了一次不爲人知的私下會談。

那個晚上，在只有三人的屋內，算命仙耗盡心血起了一卦。

未來六十年內他們無法填掉這口井，沾染人命的深井是貪念與邪祟的溫床，擁有「孫子死亡」這個理由的劉家會用盡方法、無所不用其極地阻礙他們封閉已經打開的罪惡通道，還會想方設法填進更多性命來成就深井之物。

「貪念會引來噩祟，深井將會無盡食人，若放其自生，首當其衝會是整個村子。」

算命仙如此說道，隨後一一列出各種近期村內出現的異常，包括哪家哪戶較容易受影響的，已經出現疫病的症狀，還精準說出劉家小孫子出事那日的一些狀況。

起先葉家父子有點懷疑，不過很快就被那些列舉說服。

畢竟這段時間確實有幾戶人家出現醫不好的怪病，在劉家大肆鬧事時，這些詭異病情都被覆蓋掉，多數人沒有特別注意，但其中有葉家的佃戶，所以他們知道得比較清楚。

「葉家很正氣，為了生靈，葉家是否可以考慮使用氣運鎮壓這口井？」

這是一個很大的難題。

按照算命仙的推算，其實葉家人離開村子將會在外地取得各種成就，他們是較為特別的富貴在外命，長期待在原生地無法極佳地開展氣運，但卻可以轉移內藏的運勢，用來壓制一些邪物滋生，前提是被轉用者只能一直留在本地。

葉輝安與其父確實感到為難，一再向算命仙確認後，兩父子不得不做了讓自己永遠留在三合院、盡量把其他家人推去外地發展的決定。

「不用擔心，也不須你們拚搏性命，青山娘娘會幫忙，只要葉家繼續在此，以『運』爲基，助我封鎖深井。」

算命仙把黑貓留下，並說道：「我學藝不精，雖無法窺探天機，燃盡生命亦能察覺死與生將會在註定的那日同時匯集，六十年後將有外來者牽引轉機，屆時一切鎖鏈將被斬斷，順利的話，爾等將能重得自由。觀瀾會替我見證未來，先在此感謝兩位大義。」

那天以後，黑貓觀瀾開始在村裡遊走，葉家的前庭也越來越多曬太陽的貓。

日復一日，葉家人看著劉家在右井搞事。

他們再也沒見過算命仙。

時間輪轉，來到六十年後。

葉知岷的密室原型「深井」，引來了外人。

5

「葉家人用氣運鎮壓井？」

葉知岷活了三十年，第一次知道自家長輩不肯被接去享福，竟是因爲這些鬼扯的事。

也不能說鬼扯，應該說還是因爲劉家那些智障。

更討厭他們了。

身爲葉家在外地拚搏的後代子孫一員，葉知岷不得不承認他們離村之後的成就都不差，不管是經商還是從政等等，大多有不錯的成績，包括他這輩子也幾乎是順風順水，沒遇過慘烈的經營失敗或挫折，甚至還認識不少富二代，例如搞密室的老闆，互爲投資的合作皆有所成。

現在得知原來阿公、阿祖本來也有這種機會，卻爲了那口井甘願孤單老死在村裡面，一生沒見過外面世界的精采，平淡得像顆凡世塵埃。

新仇加上舊恨。

媽的，更讓人肚爛了！

「可是他那位同學還是失蹤了。」玖深不得不開口提醒大家吃人井的第二次事件。「所以這個氣運壓井的說法眞的有用嗎？」

「我也不曉得，照理來說不應該發生。」老人搖頭，因爲算命仙沒再出現過，因此無法得知他和父親以所謂的「永留於此」交換而來的代價究竟値不値得。「但幾十年來，除去劉家的小孩，那位同學確實是唯一一個與井有關的失蹤人。」

「如果有效，那位同學確實不該失蹤。」黎子泓思考半晌，並不完全同意氣運壓井這種飄渺無據的說法。

「或是像我這樣呢？」一太抬起受傷的手臂。

「餵了血被標記嗎？」阿方把友人的手推回去。

「可是我也掉到井裡過，之前也有黑痕……呃……」玖深猛地看向自己，還把後頸往黎子泓的方向湊：「我的都不見了？」

黎子泓稍作檢視，本來該有痕跡的皮膚竟已恢復乾淨。「對，不見了。」

「那順序是這樣的，玖深哥先掉進井裡，回來時身上卻有殘留印記，但後來我將玖深哥拉出來，可能把血餵井了，所以印記跑到我身上。」一太看向旁邊的青年，「推測『它』一開始要的其實是玖深哥，根據葉阿公的氣運壓井說法，底下東西無法自如吃人，先決條件很可能是要靠近才會被捕捉，但爲什麼是玖深哥呢？」

「可是那東西跑出來了。」阿方提醒大家民宿房間爆炸的事。

「媒介嗎？」黎子泓道：「需要有人作爲媒介？」

「所以是這種套路嗎？那東西因爲什麼鬼氣運不能離開井，要有人靠近再打上印記，接著用這個人當跳板出來作祟？」葉知岷想到朋友做的一大堆密室關卡，順口提了個梗。「最後把看見的人全殺光，只留一點人繁殖下一輪口糧接著吃，解除封印同時往外擴張邪惡領地。」

板凳上的幾人不約而同看向他。

「阿岷啊，這幾年在外面都學什麼了？」老爺爺關懷地看著腦子變形的孫子。

「突然感覺我們好像是世界毀滅的一環。」周彥喆想起了那些年看過的動漫影視作品，滿多這種走向的……等等他們是小村莊炮灰了嗎！

「所以爲什麼是我？」玖深抱緊旁邊的黑貓。

「喵～」

「會不會是因爲你們都對右井很有興趣？」葉知岷回想自己的高中同學，對方在他老家的這段期間也頻頻探索與右井相關的事物。

「專抓最好奇那個嗎？」阿方推測。

「我我我我我也沒有那麼好奇——！」玖深感覺有夠冤枉，在場只有他連密室都沒玩過還被牽扯進來啊靠！

「或是看見什麼不該看的？」葉知岷話剛說完立即皺起眉。這麼多年過去了，當年他們都只認爲好友是被右井吞噬……應該說這是村裡的慣性思維，接近吃人井後消失就直覺是被吃掉，但事實證明，其實吃人井在那之前除了劉家小孩的意外，便沒有吃過其他村人，那麼他們爲什麼會覺得人是被吃人井吃掉？

「應該還有某些我們沒注意到的線索。」黎子泓看了看一太與玖深，「你們兩位還是暫時待在這裡，我再去查查村誌。」昨天發生的事太多了，相關記錄還沒完全看完。

玖深膽戰心驚地瞄了眼有黑影的那間客房，其實不是很想待在這裡，然而眼下狀況又不能四處亂跑，不管記號有沒有轉移，他都得照顧因他受傷的一太。

隨後阿方和葉知岷也打算繼續在村內調查，周彥喆自告奮勇踏上導遊之路，還提出可以去找幾位耆老聊天。

「去吧去吧，這裡沒問題。」老人擺擺手。

□

滿院的貓。

老人雕刻手上的小木頭。

風和日麗，沒有毛病。

「玖深哥吃火龍果嗎？」一太戳起水果，遞給一臉懊惱的同伴。

玖深接過叉子，這時手機突然傳來收到訊息的聲響，打開一看是阿柳，對方一早收到他的快遞就直接進實驗室，用最快速度先給他幾張初步成果報告。

他沾染到的那些污漬是血，毫無意外是人血。

金鎖片經過清潔露出真面目，一面印著祝福文字，另外一面的小側邊刻著極小的文字「劉萬福」。

是當年落井後失蹤的劉家小孫子之名。

金鎖片上也有一些黏稠物質，已經被分離下來，正在解析成分。

接著是夾在衣服裡的藤蔓，玖深自己都沒發現有這東西，藤蔓枝葉可能是他在掙扎時不小心弄斷的，掉進上衣口袋裡沒被發現，阿柳順手也做了檢查，同時發給他幼溪村同類植物的生長位置。

說巧不巧，這種罕見的藤蔓生長地，居然就在知名的瀑布景觀區附近。

阿柳貼心地附註提到這種藤蔓帶有毒素，被小刺割破皮膚或長時間接觸，容易引起嚴重過敏、形成潰傷，更甚者將導致全身紅疹，孩童則會出現呼吸困難等症狀。

「所以當年小孩確實是掉在井裡。」玖深看著報告，金鎖片上有一些井底的沙土，不過阿柳標示說無法百分之百確認屬於右井，但與玖深鞋底弄回去的少許沙土成分一致，得等他們取得更多井底對比物質才能進一步核實。

問題在於，人或屍體呢？

「果然還是要開井。」一太嚼著切片桃子。

「喵～」黑貓歪著腦袋，金色眼睛直勾勾地注視水果盤。

老人挑揀幾種可以給貓吃的水果，弄了個超大鍋放貓群裡，很快地寬鍋就被貓堆埋掉。

因為葉家前埕聚貓出名，街坊鄰居時常帶水果和貓罐等物來餵食，存放的貓囤糧非常多。遇到遊客多的旺季，也會有外來訪客在門口堆放肉條肉泥什麼的，儼然快變成一處愛貓者的私房景點，只是葉家阿公不喜歡吵吵鬧鬧，加上外來遊客並不是每個都算好人，外圍牆前早早就立好了「私人土地，禁止踏入」的牌子，嚴防貓群被打擾。貓糧夠多，於是葉阿公每天慣例行程就是整理小菜圃小花圃、準備貓飯和自己三餐、製作愛好小木雕，算起來也排得滿滿的。

「我看看。」老人接過玖深的手機，深深凝視著劉萬福的金鎖片，像是透過這個小物件回想起幾十年前的混亂，隨後嘆口氣：「是萬福的沒錯，他很喜歡這個金鎖片，每天都掛脖子，只要是村裡的人都看過。」

「當年一起玩的葉家小孩是哪一位？」玖深詢問。

「通盛他爸，死很多年了。」老人遞還手機。

……通盛不就是載他們過來的司機嗎？

玖深和一太交換了若有所思的目光。

「沒記錯的話，建華也是。」重新回憶當年的小孩群，老人又補了名字同樣熟悉的另一人，「有幾個搬走了，現在還在村裡的就建華和劉家小姨的兒子，不過那個細漢仔頭殼趴呆了，前陣子在家摔斷骨頭，這幾天要轉送療養院。」

沒想到與相關人士還有一面之緣。玖深一邊按手機，一邊盤算晚點找葉知岷再帶他去一次燒烤攤。

「玖深哥。」坐在一邊的一太微挑眉，推推稍微出神的同伴，不知不覺幾條高大人影出現在三合院外，來勢洶洶地圍堵在大門口，對方一臉晦暗的表情，怎麼看都不像友善來訪，更別說幾人衣褲裡還塞了東西。

「你們有事嗎。」玖深站起身，擋在另外兩人前面，滿滿的貓群唰地全都站起，豎起的貓瞳一致盯向門外的人。

來者是五名十多、二十歲左右的青少年，一身打扮在街道隨處可見，不是T恤就是吊嘎，其中有個染了滿頭灰綠的頭髮，幾人眼裡都是滿滿不懷好意的精光。

「喂，就你們兩個。」灰綠色頭髮在門外指指玖深，又指向後面的一太，抬抬下巴。

「走一趟。」

「劉志明又要你們來銃啥？」認出幾人的葉爺爺按著膝蓋站起。五人裡有兩個劉家的小輩，另外三個則是攀附劉家的家庭的孩子，平常這些同齡人混在一起，都以劉家的爲首。

「葉阿祖和你謀關，不要插手，當心連你都打。」完全沒有敬老尊賢概念的灰綠頭髮嘴巴很髒地罵了兩句髒話，態度囂張地指指玖深兩人：「他們這些外地仔太唱秋了，阮阿祖要他們來家裡喝杯茶，好好告訴他們啥小能做啥小不能做。」

「啥小不能做，別忘記這邊地全都是我們葉家的，年輕人侵門踏戶來這裡抓人對嗎。」

老人沒有憤怒的神情，就是淡淡地看著幾個青少年，「做人卡客氣點，懶得理你們劉家不是怕你們劉家，有膽識踏進一步看看。」

「幹！當我們不敢嗎！」灰綠頭髮直接往前衝了兩步，隨即被自己夥伴拽住。

另外幾人明顯露出猶豫表情，不安地說：「二哥，阿祖說過不能踏過葉家的門埕……」

「聽他們在豪洨，踏過去就踏過去，他們敢怎樣！」灰綠頭髮巴開自己的同夥，一腳踏進大門。

「喵！」十幾隻大大小小的貓瞬間包圍灰綠頭髮，目光陰冷，表情動作同步，彷彿一體。

「幹！」灰綠頭髮被一堆貓目注視，雞皮疙瘩冒出，但畢竟年輕氣盛，瞬間怔住後緊接而來的是火氣暴漲，抬起腳就要往最靠近自己的貓踹過去。

另一隻腳從旁側踢出來，將灰綠頭髮踹出門口。

「我勸你想清楚再行動。」不知道什麼時候繞出來的一太靠在紅磚堆砌的門牆邊，微彎起唇角，帶著一絲笑意說道：「都成年人了，做事情不要這麼欠考慮，否則哪天踢到鐵板都不知道呢。」

黑貓甩尾跳上一太的肩膀，金色眼眸豎直，危險地盯著劉家的幾人，喉嚨裡發出連串代表情嚇的咕嚕聲。

灰綠頭髮拍拍被踢出鞋印的褲管，意外地沒有生氣，反而發出短促的笑聲，蛇般的貪婪目光緩緩抬起來，刻意壓低冷涼嗓音靠近對方：「就是你，替命仔，閒事管太多不會有好下場，幫別人死值得嗎。」

一太用沒受傷的手倏地掐住灰綠毛的嘴巴，依然微笑：「會講人話就好好說清楚，不然你怎麼死的可能也不知道喔。」

「幹你——」灰綠頭髮發出模糊的罵聲，正想動手，手腳關節接連爆出劇痛，眨眼就被人摔倒在地，還沒回神，直接被一鞋底踩到脖子上，旁邊的同夥甚至來不及反應。踩著他的外地人收回腳、蹲下身，甚至沒有離開過葉家大門的範圍，以似笑非笑的討厭表情凝視著他，眼底沒有太多情緒，滿滿都是讓人僵硬的冷意。

「我這兩天心情不太好，勸你們換個說話方式。」一太歪頭，伸出食指，按在灰綠頭髮的眉心，戳螞蟻似地移動到對方的右眼上方，這舉動讓本來要撲過來的同夥們凝滯原地。

「什麼是替命仔？」

「你……你你……」灰綠頭髮還想罵人，但眼珠上的手指慢慢下降，他不得不住嘴妥協，反正在他們眼裡也不是什麼須要保密的事。「本來盯上的是後面那個外地仔，你多事，現在變成你了。」

「井裡的東西要他？」

「對。」

「爲什麼？」

「不知道，阿祖講的，我們都不知道原因！阿祖說『他』想要他！我們必須滿足所有的要求！」

灰綠頭髮一陣連說帶吼，旁邊的同夥們連連搭聲，表示大家都不曉得原因，但他們阿祖應該知道，畢竟都是劉家大家長在溝通一切。

「阿祖叫我們把你們帶回劉家請喝茶，其他我們都不知道。」幾個人如此表示。

「喵！」黑貓往前探出腦袋，似乎對這種問話方式很有興趣，抬起自己的小爪子，在綠毛人類的眼睛上揮來揮去。

「幹幹幹把貓弄遠一點！」灰綠頭髮感覺要挫賽了，立即大叫：「我們眞的不知道啦！知道的都是阿祖和其他長輩！他們只說你們兩個要死了！誰教你們多事又白目！」

一太拍拍黑貓的腦袋，黑貓還配合度極高地收回爪爪。

「那目標怎麼轉回來！」玖深按開一太的腦袋，著急地問：「我也去放血就回來了嗎？」

「不知道啦！」灰綠頭髮罵道。

「玖深哥，乖，別鬧。」一太站起身，拎著吵鬧鑑識的衣領把他往後丟。

趁著空隙，灰綠頭髮終於掙扎逃開魔爪，恨恨地與同夥跑了，邊跑還邊罵：「幹伝娘去死吧！外地仔！」

一太撿起腳邊的石頭，直接破空砸在灰綠頭髮的屁股上，跑路的人爆出一串慘叫。

「喵！喵喵喵！」黑貓扭頭。

「不能砸死人。」一太回答。

玖深一個驚悚，「你聽得懂貓話？」

「只是感覺牠好像嫌棄打太輕……又或許呢？」一太溫和地笑笑，覺得對方震驚的表情很有意思。

「喵喵喵。」黑貓瞇眼咧嘴，邪惡的表情在人類看來一言難盡。

「……」

該不會眞的懂吧！

玖深開始懷疑他的小夥伴是不是有隱藏技能了。

□

「誰？」

放置村誌的書庫內，黎子泓二度抬起眼眸。

幼溪村雖有百年歷史，不過建村前大多居民各有勢力，當時的資料並沒有彼此互通或特別保留，建村後有了村長等村莊職務人，才開始有意識地記錄村內大小事，直到今日，各種塵封的舊資料不在少數。

近幾年成立的村莊小組也得到補助，陸續著手整頓，打算錄入雲端搞個村莊資料庫，進而發現早期許多書冊保存不佳，多是受潮或是蟲蛀，毀損嚴重，遺失了不少重要資料，只能倚靠當地耆老或與附近村莊交換記錄，重新一點一點補充。

但幸好他借閱的大部分都沒有受損，只是比較雜亂。

停下閱讀的動作，他看著正對自己的木窗，一道黑影佇立在花窗後，短暫幾秒再度消失，如同十分鐘前發生過的一樣。

「陳同學？」黎子泓想了想，輕聲詢問。

回應他的是檔案庫內無限的寂靜。

從座位起身走向窗邊，隱隱看見人影從窗角一閃而逝。

黎子泓順著方位離開書庫，一路走往影子消失的轉角處，並在路過窗戶時，在窗下看見一雙鞋印，成年人的大小，約莫一百八十公分的男性，並不符合失蹤的高中生。

鞋印離開窗邊後通往轉角。

活人。

裝神弄鬼的活人。

既然發現不是未知的存在，黎子泓就沒打算跟過去，畢竟明顯是引誘他的陷阱。可惜對方也不是蠢蛋，他們要的僅僅是讓他離開檔案庫。

六名陌生的青壯年男性從四周幾個位置無聲擁出，目光冷淡地包圍外來訪客，幾人身上都佩帶了棍棒，更危險的還拿出電擊棒。

「你們應該很清楚我的身分，這是犯罪行爲，請不要做傻事。」黎子泓出示檢察官證件。

「請走一趟。」帶頭的中年人用自認很有禮貌的語氣說道，並抬抬手掌，在同伴幫忙挾持目標物時拿走對方的手機。「自己走，或者我們幫你。」

黎子泓看著手機和證件被帶頭人收走，兩旁跟隨者除了拿出棍棒還拿出麻袋，他不是很想得到被蓋布袋或電擊的體驗，於是點點頭，抬起雙手表示配合。

「也不用這樣啦，被其他人看見多不好。」中年人笑笑地把對方雙手按回去。「就乖乖跟著走就好，你方便我們也方便，不然我們就無法保證在外面亂走的那個小鬼的安全了。」

「……」黎子泓現在可以確認阿方很安全，如果這些人先去找過阿方，就不會講得那麼輕鬆簡單。

雖然大家比較常把目光放在一太身上，但與他並行的阿方其實身手同樣不俗，找過他的話，十之八九這群人已經被打成豬頭了。

中年人不知道他與豬頭臉擦身而過，一行人帶著外來者穿梭在無人的小巷，極陰暗的彎巷每次只能側身通行一人，也不知道怎麼接連的，居然暢行無阻地順利從檔案庫接到劉家老宅。

劉家老宅雖只有家主與幾名輩分高的長輩可居住，但進入後發現其實裡面守衛還不少，從側門被帶進後，院內陸續有十數名人看著他們，投向外地人的目光都不怎麼友善，有些比較年輕的甚至露出看好戲的神情，彷彿這種狀況他們見過很多次，知道這些外來者的下場會是如何。

眞是一點都不意外。

黎子泓被推進客廳裡、看見高齡老人坐在高座上時，心裡如此想道。

「劉志明先生。」

果然就是一大早把玖深嚇得差點心臟病發的老人。

「葉家小鬼找你們來，想破壞井，我們知道。」老人冷冷看著被「請」過來的外地人，八十多歲、滿是皺摺的臉，慢慢被細微的表情牽引，僵化的表皮勾勒出一副難以言喻的詭異面貌。「你們這些外人，一個個都充滿亂七八糟的好奇心……眞的是死不完。不過，會在這個時間來，也是應了那些話……」

「什麼話？」按著額頭，黎子泓感到陣陣耳鳴，心臟的跳動不知不覺變快，指尖急速發麻，老人的話模糊成一段段音階，連眼前偏暗的客廳都逐漸扭曲出一塊一塊色斑。

什麼時候被下藥了？

進來時並沒有在空氣或哪裡嗅到異常，也沒有接觸食物或水。

視覺、聽覺，以及行動能力均被割離，整個人失去力量癱倒在原地，充滿色斑的老人背著雙手走到面前，嗡嗡異響裡塡入了電子音似的滑稽話語——

「……血……餌食……六十年……封印終於解放……」

「……你安心……一切……」

「都將是你自願的。」

□

火車行到依厈阿嬤依厈丟……

唉唷蹦康內……

小孩們揮舞著手上的玩具奔跑著。

正在建造三合院的大人看著孩童們，笑著搖頭，囑咐幾句不要跑去危險的地方玩。

將大人的話語當作耳邊風，小孩們在附近玩耍了一會兒，發現井邊的大人離開後，偷偷摸摸又跑到井邊玩耍。

葉××，你們家都是我家的！

掛著金鎖片的小孩如此說道，紅色棉繩在他頸邊盪出弧度，伴隨他頤指氣使的比劃，囂張地指著站比較遠的另個孩子。

你家佔了我家的風水穴，忘恩負義！

不過沒差。

把你家吃光，以後也是我家的。

全村都是我們的！

你們只是飼料！

小孩甩著手上的蘆葦花，啪地打在未完成的井身上，有模有樣地學著從大人那邊看來的動作。

今天讓你們知道我劉家的風水師多厲害。

看你們要錢、前程……

窮酸臭狗！還不跪過來拜託我！

喂！王建華！

啪的聲，蘆葦花束又甩在井身，打散出細細碎碎的粉塵。

孩童們喧鬧的聲音與身影逐漸遠去，三合院與深井也慢慢融入黑暗當中，周遭景物褪去色澤，一時之間變得像黑白照片般，凝固且平面地懸掛在兩側。

你害怕嗎……

黑白街道的盡頭，出現了紅色的身軀，頭部被陰影遮蔽看不出面目。

紅色的燈籠成爲此界唯一光源。

越害怕……越無法離開……

逐漸渲染開的黑暗覆蓋那道身影，以及周邊所有殘存景物。

虞因張開雙手，隱隱看見上面沾黏著大量濃稠的血液，不僅僅是手掌，他所站立之處全都是鮮血。

再度出現的深井在血海的另一端。

井前，有人倒在那裡，幾乎被鮮血圍繞。

「……誰？」他往前踏出一步，猛地踩到血裡纏繞的藤蔓，乾枯的植物浸泡在血水，混合出腐爛的腥氣。

黑色爪子若隱若現地在藤蔓底穿梭，蛇一般蜿蜒在血水池，往井邊游。

虞因猛地拔腿衝過去，拽住躺著的人就用力往旁邊拖開，血水底的黑爪撲空後原地下沉，失去蹤跡。

「你……黎大哥？」

將人翻過來，猛地看見沾滿血的臉竟是熟人，虞因嚇得立刻先確認對方呼吸心跳，幸好還活著，只是呼吸相當淺，不知道在血裡泡了多久，整個人異常冰冷。

叫救護車！

第一反應便是摸向自己的手機，然而手指撲空。

「虞因！」

臉上一痛，面前的景物、血池全都散去。

緩緩睜開眼睛，所見之物再度出現色彩，充滿勃勃生機。

接著是周震嚴肅的大臉。

對了，早上大師接到黎大哥他們的訊息發現不對，立刻驅車要前往幼溪村，出發前問過他的想法，繞路把他和東風從工作室接走了。

因時間急迫，從家裡出發的聿會幫他們準備過夜用品，再自行開車跟上。

現在車停在休息站，一路上反覆查看所有資料和影片的東風從副駕駛座回頭，有點擔心地看著後座的兩人。

買好食物回車上的周震本想叫醒虞因放尿吃東西，沒想到叫了幾次人遲遲不醒，灌了淨水又拍幾巴掌，才終於把人弄起來。

「……難怪臉痛痛的。」虞因摀著臉頰，有點委屈地看著眞打人的大師。

「你如果跟著沉下去就不是臉痛那麼簡單了。」周震拽著小孩檢查，沒發現什麼異樣，應該說他居然也沒發現有東西摸過來。「夢到什麼?」

虞因揉揉臉，簡單描述夢裡的事物，然後不安地皺起眉：「黎大哥不會有事吧……」最後看見的畫面眞的讓人很憂慮。

周震把關東煮塞到兩個小孩手裡，嘖了聲：「他身邊有東西在保護他，至少比你們安全，快吃一吃出發。」

剛作完那種夢加上臉痛，虞因其實沒什麼胃口，不過還是乖乖吃了點東西，畢竟到達目的地後還不知道有什麼等著他們，補充能量是必須的。

幾人吃完、上完廁所，正要繼續上路時，較晚出發的聿居然追上他們，從休息站入口開進來，並準確停到周震車旁。

「這速度夠快。」周震打量著小孩接近的車，「壓極限追過來的吧。」

「應該是。」東風沒感覺意外，壓著超速底線開到最高限速一路飆過來，對某人來說超級簡單。「我等等去坐那邊。」他發現點東西想邊和對方討論。

「我也……」虞因下意識就想換到習慣的車上。

「你待這裡。」周震打斷想跑路的傢伙的念頭：「高速上又給我搞什麼東西的話，是要我追車隔空跳換車嗎！」踏馬的這種事情他無論如何都辦不到！

「……」好像也是。虞因摸摸鼻子，身為出事率最高的人，他還真不能反駁大師。

等聿停好車後，幾人調整了座位。

虞因把沒吃完的關東煮遞給對方，「我再去幫你買一點？」

聿搖頭，快速吃掉東西。

用最短時間休整好，兩輛車重新準備出發。

幾乎在發動車的同時，國道加油站外傳來轟然巨響。

「什麼聲音？」

「好像有車被撞？」

「快快快！有救護車被撞！」

「快去幫忙！」

周圍吵鬧了起來。

一片混亂中，虞因看見渾身鮮血、彷彿身披斑駁紅衣的老人站在車道的那端，灰敗的面孔被撕裂掉三分之一，從裡面露出棉絮般的碎肉。

「救護車上的人好像被撞死了！」

國道接休息站入口附近，一輛超速疾駛的自小客車撞上轉院的民間救護車。

不知道是喝酒還是嗑藥的駕駛油門一踩到底，遠遠發現不對勁的紅螞蟻雖然立刻追上，但對方完全沒在怕，直接速度加得更嗨，危險蛇行，最後一頭衝上前方救護車尾端，當場把救護車整台撞翻覆，滑行一、兩百公尺後轟然卡進護欄邊。

肇事車輛本身也沒有好下場，整台在地面翻滾兩圈後幾乎半解體地滾出護欄，掉落國道下方，駕駛本人恐怕逃不了支離破碎的命運。

遭受無妄之災的救護車駕駛與後方隨車輔助人員意外地只受到輕微擦傷，然而搭載的病患就沒那麼好運，年紀很大加上身體不好，被巨大的衝擊力一撞，整個人像被撕開般四分五裂，直接當場慘死。

虞因看著「死亡的老人」，可能猛地離世，貌似還沒意識到自己死了，破爛的臉露出扭曲掙扎的神色，表情充滿被疾病攀附的痛苦，乾瘦身體凹成一種不太舒服的形狀，拖著腳步朝出事的國道方向走去。

幾隻在休息站附近遊走的流浪貓似乎被事故騷動吸引，或坐或站，貓臉向正在冒煙的遠處看。

「嘖。」周震同樣注意到滿身腥血的老人，不過他所見的與虞因不太一樣。「這死相……不是什麼好東西啊。」

「咦？」虞因從對方有點不耐煩的口氣裡聽出不對勁。「死者有問題？」

「嗯，可能有揹人命，還碰過不該碰的玩意，那種死法十之八九是業障找來了。」周震拿出手機敲打幾下，把異常狀況簡單幾句發給認識的師父們。「老傢伙的臉看起來不像活得久的，五官帶陰、是個小人短命相，簡稱群體裡的天然炮灰，這麼慘大概是本來罩它的東西罩不到了，直接被人生反彈。」

「……」人生反彈是什麼鬼？直接彈死了喂！還有說人家天然炮灰眞的好嗎？

虞因心情複雜地看著大師。

「應該把光頭也帶來，他研究的比較多。」大師繼續碎碎唸。難怪他就覺得好像少做了什麼，幼溪村之行根本應該順便把寺裡的友人拖出來才對，明明對方才是那個學歷超高、有民俗研究相關背景的人啊！

「提早腦部退化了吧。」東風趴在車窗邊，看著又開始越講越氣的大師。

「閉嘴，屁孩！看到你們我就血壓高！」認識久了之後，周震對三小孩也越來越不客氣，尤其是這個長得漂亮的嘴巴特賤，難怪經常捱打，屁孩們就是欠打。

東風聳聳肩。

相較於一邊鬥嘴的二人組，虞因覺得有些奇怪，對這場車禍有說不出的介意，回過神時已經傳訊給虞佟，請對方幫忙查看看，同時後知後覺想起他們這場突如其來的旅行忘記告知自家老爸們，下秒彼端就傳來一個親切的微笑圖案與地獄般的「？」。

「……小聿，你有告訴大爸我們要出門嗎？」懷著一絲希望，虞因看向自己做事謹慎的弟弟。

聿搖搖頭，「你沒說？」他在家裡收到訊息時，料想先出發的虞因已通知過家裡大人，所以打包好東西就直接開車趕路。

「我以爲你會說。」虞因看對方也是一副「以爲你會說」的表情，就知道大事不妙。

「眞棒。」東風突然發現自由在外獨居的美好。

快到幼溪村所在縣市的虞因滿頭冷汗地開始亡羊補牢，秉持著死道友不死貧道的心態，秒把大師拖下水，將整件事指向大師的邀請，外加擔心玖深等人才臨時出發。

雖然出現已讀，但自家大爸遲遲沒有回應，虞因感覺生命條無形中開始下降，一個「完蛋回家會被清算」的衰小念頭提早讓他體驗毛骨悚然。

虞佟是否憋著氣等他們幾個返家開大絕還未可知，但一行人上車出發時，他還是在群組中傳了國道上事故的消息。

主要是死者兩人的身分。

自小客車駕駛二十四歲，初步確認是酒駕肇事，撞裂的車體裡傳來濃重的酒味，以及疑似吸毒的氣味，事故前七分鐘從交流道上來時早已超速，被國道警察發現後不但沒有停車，還變本加厲地飛車蛇行，才造成嚴重車禍。

讓所有人詫異的是救護車上的死者。

「救護車的出發地是昨天一太他們去過的醫院，患者來自幼溪村，患有嚴重的老人痴呆，前陣子在家裡摔倒骨折，後續又併發許多慢性病，好不容易病情穩定可以出院，這趟轉院是他的家人要將他轉至療養院……附近的療養院，民間救護車不該出現在國道上。」副駕駛座上的虞因看著虞佟傳來的文字，唸給開車的周震聽。「患者姓劉，六十六歲。」

他們剛剛所在的休息站距離幼溪村至少有將近一小時多的車程，無論怎麼走錯路，原本只是要去當地醫院附近療養院的轉院車，絕對不可能出現在這邊的國道上，患者還如此巧合被撞死。

這和所謂的「反彈」有關係嗎？

「嘖。」周震看了眼照後鏡。「麻煩。」

「大爸已經去追查爲什麼救護車會出現在那邊的問題了，但可能會不了了之。」沒有注意到大師的細微動作，虞因專心盯著手機，正好看見虞夏接在後面的發言，他頭皮一麻，突然思考起要不要乾脆在外地玩兩天，不是很想馬上回家接受現實的痛擊。

眞·人體痛擊。

邊哀嘆未來的皮肉痛，虞因計算起車程時間。

依舊感覺十分不安，不論是車禍或稍早前的夢境，他把奇異的事情發展傳到小群組裡，希望在現場的一太等人能多加小心。

希望能快點抵達。

「這裡就是青山娘娘廟了！」

周彥喆邊灌了幾口飲料，邊帶領後面兩人到小廟前。

雖說是小廟，但村內經常修繕加上香火不斷，累積起來的香油錢足以讓小廟在多年前翻新，所以實際上看起來空間不算小還稍微有點現代化，約莫近百坪的佔地，有前後庭院，後院直通一片小雜林，往鄰近山丘而去。

廟裡神壇上正坐著一尊兩人高的白玉大貓，形容肅穆莊嚴，由高處垂目靜靜俯視著下方，兩側香火裊裊繚繞，頂上打下光束，整體帶著說不出的聖潔感，四周則是圍繞大大小小的貓雕刻及擺飾，據說長年固定維持九十九隻；最下方的供桌陳設鮮花素果、魚製品與各類貓玩具，還有遊客們帶來的貓娃娃等物。

「青山娘娘的廟原址是當年失火那戶人家，他們把地捐出來供奉青山娘娘，後代已經搬到外地了。」周彥喆稍微向阿方講解：「這邊比較靠村子邊緣，從這裡走一段路，經過那座山丘，有路通向你們本來要去看的瀑布，但是不好走，現在大家比較常走開發好的新路。」

小廟裡設置了小櫃台賣平安符與一些祭拜用的香燭等物品，讓人意外的是還有一些貓咪周邊，非常在地化。看顧櫃台的是名三十多歲的女性，可能經常有觀光客來拍照買周邊，女性十足熱情地招呼幾人，告知如何祭拜青山娘娘，又和周彥喆聊了幾句，知道他們是因為葉家右井而來。

「所以這是知岷啊。」女人訝異地上上下下打量葉知岷，「好久不見。」

葉知岷也認出對方是有過幾面之緣的同輩親戚，連忙點頭。

「那口井本來就該封了，如果不是劉家每次都帶人鬧事，也不會留到現在……無辦法，誰教他們人多呢，派出所那些老鳥睜隻眼、閉隻眼都不管。」女人感嘆了幾句，翻找出兩枚繡有白貓的漂亮平安符分別遞給兩人，「這是青山娘娘加持過的平安符，知岷和這位方同學有緣，快收下吧。」

入境隨俗，阿方邊道謝邊收了平安符，小小的布包做工精緻，繡技精巧，一隻白貓活靈活現在香火袋上擦著小臉，與檯面陳設的周邊完全是不同檔次。

「可以再多給幾個嗎？」周彥喆說道：「還有另外三個人。」

「咦？」女人這次眞的露出詫異的表情，「該不會後面還有五個人吧？」看著三雙疑惑的眼睛，她解釋道：「這是神婆繡的平安符，每半年來一批，時間和數量不定，這次的上週就送過來，一共來十個，擲筊後青山嬤有指示，分別給兩人、三人、四人、一人，指示說全都自外地來，只有最開始的其中一人是本地遠去而歸，指的應該是知岷，這批沒意外的話，就是這幾天要給出去，雖然沒有確切說哪一天。」

四人？

阿方看了下虞因新拉的群組，除去虞家兩位警官，上午虞因拉人進來時，有說明他和大師、東風、聿從中部出發，算算時間應該也快到了。

「我們有朋友過來了，沒意外是四個人。」阿方告訴葉知岷幾人身分。「就最快破密室那組人。」

「喔，半小時那幾個。」葉知岷恍然大悟，新密室不到半小時被破掉完全出乎他那身為老闆的朋友預料，因為遭急速通關，造成那傢伙不得不修改密室部分設定，停業了兩天，他朋友對此很有怨念，發願要做出讓那三人一小時破不了的大型密室。

原話是說總有一天要把挑釁他密室的人關在裡面三天三夜，等小朋友們承認破解不了才要放他們走。

葉知岷感覺朋友似乎正在往有點刑的方向前進。

「唉呦，那他們到村子的時候要快點叫他們過來看看是不是。」女人說道：「不過也真怪呢，青山娘娘還是第一次沒有給時間。」

「以前會給的嗎？」阿方有種怪怪的感覺。

「雖然沒有精準到某時某刻，但大致會給一個日子，一直沒出錯過。」說著說著，女人聳聳肩：「不過萬事都有變故，可能這次來的人比較散，青山娘娘才因此沒有給時間吧。」

最後那一人阿方沒什麼頭緒，想著或許是之後虞家的大人們會追著虞因過來也不一定，諸如此類的事情以前不時發生。

買妥香火祭品，幾人先拜祭青山娘娘，葉知岷隨後和女人在櫃台邊聊天，大多是詢問村內與右井的事，周彥喆則是跑去附近的商店買東西。

廟裡還有一對情侶檔在拍照，看起來氣色不是很好，不過依然很有精神地在擺拍，女方甚至還應景地穿了身白色毛茸茸的可愛衣物。

廟方對於這種擺拍向來不怎麼驅趕，應該說青山娘娘對於婦幼特別照護、寬容，只要不做壞事或沒禮貌、大聲吵鬧喧譁，通常不會有什麼問題，因此小廟禁忌極少。

阿方看了一會兒廟裡壁上刻畫的青山娘娘事蹟，與周彥喆等人說的差不多，就是百年前白貓救了大火中孩子的故事，另外有幾則是後世其他事蹟，大致上是庇佑小孩和村民避開危險等等，還有一個較爲特別的是青山娘娘鬥蟲妖，可能是附近靠山毒蟲不少，所以才多了這種比較傳奇的故事。

走向後院，阿方頓了下，後院與葉家前埕一樣，或坐或趴著好幾隻貓正在悠閒地曬太陽，一看見有人出現，懶洋洋地瞟過來幾眼，完全不害怕人類。

不過這裡和葉家不同，地上擺了一些食物，是廟方提供的貓飯、貓糧。這裡設有警示，禁止隨便餵食，尤其是人類食物，絕對不可亂餵，一經發現會被廟方趕出去。

雖是這麼說，但地面依舊可以發現殘留了些人工食品，路過的阿方順手收去扔。

旁邊有一處地方蓋了較小的建築，整個被封起來，旁側設牌說明是青山娘娘的墓，這部分不開放遊客進入參觀，立牌下也放了很多貓娃娃和花束。

循著走至後院出入口，阿方找到了通向雜林和小山丘的路。

雜林彼端，站著一抹黑色人影。

一開始阿方以爲是附近居民，正打算等對方離開後再進去看看，沒想到黑影在斑駁的光影陰暗處對他緩緩招手。

須要幫忙？

阿方沒想太多，雜林並不大，他邁開腳步快速靠近對方，然而將接近時，與那道黑影的距離不知為何又拉開了，遠遠地依舊對著他招手。

雖然有點怪異，不過阿方仍然繼續向前走。

就這樣忽近忽遠，不知不覺阿方走出很長一段路，反應過來時已經走完一小半山丘路，倏地意識到自己被那道黑影釣著走，對方意圖不明。

開始思考要不要繼續跟下去之際，阿方猛地看見眼熟的背影在小山丘更遠處晃了下，走得不是很穩，他立刻拔腿追過去。「黎大哥！」

意外地，對方背影雖肉眼可見，但實際距離比想像中還遠，不知道是小山丘的路過於彎繞還是其他問題，總之阿方追逐一會兒後，猛然發現竟沒追上人，對方依舊與自己相隔很長一段距離。

天色不知何時逐漸昏黑，彷彿昭告著即將落雨，上方暗灰的雲層降得很低。

放棄走正常小路，阿方選擇直線穿越那些刺人的小植物與矮樹，後來他極為慶幸此時做的這個決定。

烏雲逐漸拓展侵蝕整片天空，遠處傳來怪異失真的水聲，彷彿隔了層膜，伴隨濃烈的水氣撲面而來。

阿方伸出手，速度極快地逼近對方背後，一把抓住對方的手臂，第一時間竟感覺到極爲冰冷。

「黎大哥！」

將對方向後拖的同時，另一手甩出青山娘娘的平安符，強硬地掛到對方脖子上。

強風吹來，吹走大片烏雲，黯淡的環境在這剎那被重新塡回色彩，紅綠鮮艷映襯，明亮陽光灑落，轟響的瀑布聲近在咫尺……就在他們腳邊。

阿方心有餘悸地看著兩步遠的懸空斷崖與奔流怒濤，他們差點就和流水一起下去成爲瀑布的一部分。

被拉住的人像是這刻才反應過來，緩慢地順著拽他的力量回過頭，神情迷茫，並沒有意識到他們站在何處，但好歹認得出人。「……阿方？」

「先進來。」預防萬一，阿方握住對方的雙手手腕，小心翼翼地倒退，沿岸都是超滑的大小溪石，一個沒走好說不定仍會跟著滾下去，都不知道爲什麼剛剛跑過來時沒有打滑。

黎子泓很乖巧地跟著往前走，可能潛意識知道狀況不對，安靜地沒有抵抗或作聲，兩人就這樣退出一段距離，走到安全的草皮上。

阿方不敢放鬆警戒，想了想又退遠一點，依然抓著對方的雙手，保持這個姿勢擔心地詢問：「黎大哥你還好嗎？」都到這地步了他也不傻，從離開青山娘娘廟後整個不對勁，光是他們這麼快走到瀑布就是很大問題……所以剛剛走的是什麼路？

那道黑影又是？

黎子泓看著阿方，還有點出神，無意識開口——

「……我是自願的。」

阿方感覺有點頭痛。

「什麼？」

黎子泓又不理人了。

重複問了兩次，阿方見對方精神和臉色都很不好，嘴唇幾乎泛著灰紫，無奈地騰出隻手脫下外套覆到對方身上，然後撥手機，接著發現這裡居然沒訊號。

所以那些打卡的人怎麼打的卡？

精神電波嗎？

「黎大哥你還能走嗎？」總之，先把人弄回去。

有點在發呆的黎子泓遲鈍了幾秒，點點頭，接著又搖頭，慢慢地說：「大概、被下藥……」

「看出來了。」阿方本來就有這個猜測，對方狀態真的滿糟糕，不過這地方有種說不出來的怪異，他實在不想久待。「先下山再說。」

雖然意識不清，但黎子泓還有基本反應，跟著走段路後阿方乾脆把人揹起，沿著山路謹慎地離開。

這時間點雖然觀光客很少，不過運氣好讓他們遇到正在拍照的攝影師和一名巡山村人，兩人以爲他們發生意外，非常好心地幫忙扶人下山，攝影師甚至開車載他們，快速把兩人送到醫院。

也是在車上阿方才發現自己褲管扎滿了斷枝殘葉和細細小小的鬼針草等物，還有部分小血塊，都是跑山丘那段路刮出來的，一鬆懈便後知後覺地開始刺痛起來。

下山手機一有訊號，他就先在群組報平安，不忘交代一太和玖深不要跑出來。

熱心攝影師幫忙在醫院跑前跑後，有了昨天的經驗，阿方很快跟著安排完一連串檢查，最後獲得臨時病床安置好昏睡過去的黎子泓，這才感激到不行地送走攝影師，順便交換聯絡方式，便於以後黎子泓想聯繫答謝。

阿方看著跳出訊息的群組，邊拿生理食鹽水沖洗雙腳傷口，邊一一回答友人們目前狀況。

說起來他到現在仍一頭霧水，大家都只知道黎子泓今天去借閱村誌，全然不解爲什麼他會出現在小山丘及瀑布斷崖。

做各種檢測時黎子泓還稍微有意識，問了幾次他都無法解釋自己的行蹤，他的記憶斷在翻讀村誌那時，再回過神就是被阿方拉住的那秒。

「黎大哥你遇到什麼……？」惦記著對方沒頭沒腦的那句莫名的話，阿方嘆了口氣，順手檢查對方脫下來的外套和物品。手機證件皮夾連同卡和現金都在，隨身記事本也在，在有點鼓起的記事本中還摸到兩枝筆，似乎沒有東西失竊。

……？

「嗯？」阿方在外套暗袋又摸到筆的形狀。

平時需要帶這麼多筆的嗎？

隨手翻了下暗袋，接著他瞠大眼。

一支運作中的錄音筆暴露出來。

阿方並沒有立刻中斷錄音筆，而是放回去，他不知道黎子泓的安排，等人完全清醒之後再讓對方自行處理。

不知不覺，外面天色又變得很暗。

且很安靜。

原先外面還能聽見院內與病患等等的聲響，現在卻什麼都沒有，連同病房中的其他患者家屬都失去聲音……應該說連人都不見了，病房裡只剩下一排空蕩蕩的床鋪。

漆黑的窗外站著黑色的小小人影，動作緩慢地朝著燈光閃爍的室內招手。

阿方看了眼閃動的日光燈，相當鎮定地先檢視了黎子泓的狀況，對方依舊在沉睡，青山娘娘的平安符還好好地掛在頸子上。

接著他快步去打開窗戶，外面什麼也沒有，只有將近傍晚的昏暗大光。

正想調頭回床邊的瞬間，窗戶玻璃折射出的景物裡出現了小孩，約莫六、七歲的樣子，像壁虎般倒趴在牆壁上，模糊的臉上有著一雙灰白腫脹的眼珠。

怪異的身影只出現瞬間，下秒立即消失在玻璃一角。

猛地回過頭，面對阿方的是白色的病房牆。

重新轉過頭後，玻璃上出現了歪七扭八的字痕。

你害怕嗎？

「怕個屁。」阿方把窗戶甩回原位。

室內的日光燈恢復正常，走廊外的聲響傳進房間，病床上的其他患者有的昏睡有的在與家屬交談，路過的護理師探頭進來詢問有沒有需要幫助的地方，似乎剛剛與世隔絕的異常並沒有其他人發現。

阿方坐回床邊，微微瞇起眼，掛在黎子泓脖子的平安符出現了細小的黃斑，貼著皮膚的那面滑出血珠，他撥開平安符，看見底下的右鎖骨處出現小小的指印。

該死。

青年面無表情地將友人的衣領拉好。

再抬起頭時，病房的入口處站著人，與他對望。

□

玖深蹲在前埕的大門邊，頻頻往外伸長脖子。

旁邊端坐兩隻貓，與他一起探脖子。

單手端碗路過的一太看著同步的一人兩隻，有點好笑地勾勾唇，開口：「葉知岷已經趕過去醫院了，他們一時半刻不會回來，先進來吃點東西。」

屋主爺爺本來要弄一頓豐盛點的給他們補補血，不過一太婉拒對方的好意，畢竟都借三合院避難了，還讓屋主費心煮大餐也不太對；但老人家仍舊堅持煮了鍋泡麵加菜肉蛋，說著人要好好吃喝才有精力繼續接受下一波挑戰，況且他們會遭這難是因爲葉家的右井。

玖深摸摸陪在旁邊的貓咪，打起精神跟去廚房領熱騰騰的麵，誠心謝過老人，然後看著一太在對面落坐，青年拿著叉子捲著麵條，將麵圈戳進嘴裡。

「我……」

「玖深哥，不要道歉。」一太嚥下麵條，微笑地停下動作，看透對方極度不安的心情。「也不要嘗試轉回去，你和我都沒有對此事負責的必要，只要靜靜等阿因、周震他們過來幫忙就好了，現在我們須要吃飯、養好精力。」

「好。」玖深有點羞愧，明明應該是他年紀比較大要照顧其他人，結果每次都被其他人照顧。

「回去之後請我吃好吃的就行了。」一太繼續單手捲麵條，說道：「想吃麵線和炒米粉，粿仔條也不錯。」

「好，回去之後大吃大喝。」玖深腦袋裡不由自主閃過一堆相關美食，確實被分散了一些注意力。

簡單用過餐後老人先回屋內休息，玖深留在廚房清洗鍋碗，一太則是悠哉地去庭院擼貓。

一邊刷著鍋，玖深一邊與耳機那頭的同僚聯繫。

「所以說，你們兩個現在只能關在三合院嗎？」正在幫友人加急處理寄來的物品，遠在實驗室的阿柳掛著耳機皺眉。「這是有效還是沒效？大師不是說要去廟嗎？萬一三合院沒用怎麼辦。」他總覺得所謂「貓帶著去三合院」這種說法聽起來很玄，安全性太讓人懷疑了。

「我也不曉得，不過看劉家人不敢進來的樣子，可能在某方面有效？」玖深甩掉手上的泡泡，將洗乾淨的鍋碗餐具擦乾，一一放回櫥子裡。「唔，不知道黎檢現在怎樣了。」

「應該沒事吧，一太和阿方又不是那種會瞞消息的人。」雖然阿柳比較少與這兩人接觸，不過大致上知道小孩們平時的行事，眞說起來，會瞞的反而是虞因那三個前科很多的傢伙們，或許再加上一個根本不知道說的話是眞是假的嚴司。

同樣有前科的玖深閉上嘴不敢亂講話了，怕等等同僚想起來。

「對了，你寄回來那些裡面有——」

滋——

玖深取下突然發出噪音的耳機，隱隱還可以聽見裡面傳來的電流聲，手機螢幕閃爍了兩下，原先的通訊被切斷，網路整個連不上。

不確定是不是電信又開始種花還是有什麼訊號干擾，他拿著手機在廚房轉一圈，網路依舊沒有恢復。

「一太，你手……」

嗚……嗚嗚……

細細的低泣聲從遠處飄來，幾不可聞地飄散在風裡。

玖深僵硬了數秒，再次聽見小女孩極度壓抑的哭泣聲，像是被掐住喉嚨般發出了生命最後掙扎的聲響。

他沒有親眼目睹，但在夢裡呈現過。

聲音來自後院方向。

玖深很想把自己捲起來，塞到某個安全的角落裡面。

然而等他清醒過來時，自己正站在後院靠近右井的那面圍牆，黑暗將他包覆，牆的另外一端傳來斷斷續續的哭泣及水流聲。

好黑……

好痛……

嗚……

「妳、妳、妳……妳走了……已經很久了……」

玖深渾身發抖，想從圍牆前離開又感到腳好像被黏在原地，連邁開步伐都無法。他想起在另一座村莊的池塘邊，那些污穢的池水與覆蓋其上的垃圾，還有流露出惋惜模樣的村民們，以及痛不欲生的家屬。

「妳家人……把妳供奉在……神明照顧妳的地方……妳不應該來這裡……」他記得再見

到那對父母時，他們仍然難忍哀痛，但告訴辦案人員，已將女兒送至神明座下，一連三個聖杯，神明憐憫他們受苦的女兒，護佑她去了無痛無悲的極樂世界。

她不應該出現在這裡。

「而且……凶手早沒了……很多人幫妳……報仇了……」

雖然因爲這件事情讓他糾結很久，但對死者或家屬來說，凶手直接遭到「報應」，可能是更好的結果。

「妳……不是她。」

抬起手按著圍牆，玖深努力說道：「只是幻影而已……雖然我不知道『你』是什麼東西……但你更像是我的噩夢……不是現實……」

他只是害怕又不是腦子壞了，連續兩、三次下來也慢慢釐清眞實與臆測夢境的差異。

哭泣聲猛地停止。

視線感從上方傳來。

圍牆後，不知什麼時候升起一雙眼睛，蒙著灰霧的雙眼成爲黑暗裡唯一可看見的東西。

那你……可不可以來找我……

□

喵～

一太猛地驚醒，發現不知何時窩在藤椅裡打起瞌睡，接著被連串貓叫聲擾醒，腦袋出現異常的疼痛。

周圍環繞一股非常淡、幾乎快被風吹散的草木焚燒氣味。

偏頭發現老人也在沙發裡睡著，手邊是未完的雕刻與落在地上的雕刻刀。

「玖深哥？」摀著額頭搖搖晃晃起身，屋內屋外都沒找到另外一人，只看見整個庭院的貓朝某個方向發出叫聲。詭異的是這陣聲音不小，四周鄰居竟然沒有人出來查看，似乎很明白這種聲音代表不安全，家家戶戶鎖緊門窗，街道陷入一片無聲寂靜，讓貓叫聲更加明顯了。

黑貓走進屋內，瞇起金眼睛看著兩名中藥的廢物人類，有點不太滿意地長長叫了聲，甩著尾巴優雅走出去。

一太等暈眩暫時過了一波，拿起手電筒立刻尾隨走進後院的黑貓。

邊走他邊注意到雖然貓咪們盤踞在葉家，但很少往後院去，大多在前院曬太陽，不曉得是不是因爲後院更靠近右井的關係。

總之此時此刻，圍牆外的景色被層層滾來的黑霧覆蓋，鄰里的燈光完全看不見，只隱隱看見很大一個突起五處尖端的輪廓在圍牆與隔離牆的距離外，顯然衝破了井上封鎖如鐵鏈、封井石等物，於暗夜吐露出深埋數十年的獠牙。

「想要這個嗎？」一太按著纏滿繃帶的手臂，凝視近在咫尺的異物。

黑貓跳上人類的肩膀，咧嘴發出恫嚇聲。

牆外傳出電流碰撞的滋滋聲，好像在回答不怎麼友善的貓與藏匿在圍牆內的人類，接著老舊的兩層牆一個震盪，巨響撞塌幾塊紅磚，裂縫與缺口流出黑紅色的血液，三隻布滿裂痕的灰綠眼睛從洞口窺探，在手電筒光的照射下，露出爬蟲類生物的豎瞳。

以細長爪子爲主體，周邊蔓延出更多細細碎碎的物體，好像爪子衍生出無數的小分體，開始發出複數的滋滋聲響，光源照過去，圍牆上爬滿大大小小的蟲蠍，帶著腥氣的生物萬頭攢動，密密麻麻如一波波湧上牆的黑色潮水。

黑貓與其他不知何時到來的貓群衝著黑暗，叫聲逐漸淒厲，經過這裡的人可能會因爲這些大量貓群的叫聲感到恐怖，該說幸好周邊居民默契般地全都把自己關在家中嗎。

爬蟲與蠍子逐漸從圍牆掉下院子，有些會飛的蟲則是開始包覆後院的上空，不過不知道爲什麼，掉落到後院的蟲蠍活動力很低，雖然捲動身體有要往前的姿態，動作卻相當遲緩。

幾隻貓跳過去，對蟲蠍進行攻擊，試圖把這些有毒玩意拍出庭院。

一太一腳踩住爬到鞋前的黑蠍，這東西都快和他腳掌一樣大了，被踩住的同時螯針就要往他的腳上戳，好在穿的是較厚的登山鞋，並沒有眞的被刺進去。

踢開蠍子，打算伸手去拿旁邊靠在圍牆的鏟子對付這些蟲子，後頭突然傳來各種腳步聲與吵雜的聲響。

「閃閃閃！」

隨著大師的喊叫，一太把又爬過來的黑蠍踢到牆頭，帶著掛在身上的黑貓很順勢地往左避開。

提著水桶的周震匆匆忙忙從後跑來，一桶不知道加了什麼的水直接朝滿牆頭的怪東西潑出去，瞬間引起滿牆蟲鳴。「守護神罩的地方還敢踏足，人遵善德物守善心，你這個不人不鬼不妖不怪的混帳東西，還不速速退回去！」

說罷，三張捏在手上的符紙無火自燃，平空劃出割裂漆黑的橙金色軌跡。

灰綠色巨大眼睛伴隨著某種吃痛的慘叫聲緊閉起來，不明物體霎時向後縮，更多赤黑色的濃稠液體潑灑出來，好像眞的遭到奇怪的打擊，傷害讓它不得不逃回未知的來時處。

黑霧散去，周邊鄰居的燈光緩緩浮現。

原先爬滿大量蟲蟻的牆頭只剩寥寥數隻仍在竄動，接著一抹矮小黑影從缺了一角的圍牆站起身，覆滿腥臭液體的小小身軀還滴著膿水，一雙紅色眼睛懷著惡意環顧院子裡的人類與貓。

「還不走！」甩掉符火，周震捏出手勢喝道。

小黑影不甘願地跳離。

天色再度恢復星夜清明。

周震搓掉指尖的灰燼，弓著背，一手扶著腰，一手指指後面一群死孩子，「你們這堆夭壽囝仔，我這輩子見過的大場面都你們搞出來的，下輩子投胎好好做人行嗎？」

「啊這個有點難。」幫忙提法器包包的虞因也不知道要怎麼投胎才可以好好做人。

聿皺眉看向一太的手臂，包紮的傷口處斑斑駁駁滲出血點，明顯又裂開，血的氣味開始溢散。

「先處理傷勢吧。」東風摸摸在腳邊貼著走的貓咪。

「玖深哥不見了。」一太打斷幾人的交談，所有人目光轉向他：「我們被下藥了，大概是劉家，我感覺要快點去找玖深哥才行。」

「小聿你先處理傷口。」虞因隱約看見那條手臂上纏繞一圈又一圈的黑絲，傳來與那種毒蟲很類似的腐敗氣息。

與此同時，剩下幾條奇形怪狀的黑蟲被貓群打出後院，留下被腐蝕得坑坑巴巴的後院圍牆。

「這個拿去用。」周震從包裡掏出整罐淨水塞給聿，順手又套兩串佛珠到一太的手腕。

「先遮蔽你那個記號。」

一太點頭道謝，跟著聿先走回屋內。

「牆上有什麼？」虞因走向拿著強光手電筒四處照射的東風。

「玖深哥留的線索。」東風對著破損的圍牆照了兩圈，接著從地上撿起一支紫外線手電筒，手持處尾端貼著某鑑識的名字。

隨後東風關掉一般手電筒，在院子重回無光時打開紫外線，異色的光掃過圍牆，映出上面蜿蜒的痕跡，圖案浮現，虞因連忙拍攝下來。

周震把分享過來的照片傳給正職的其他專家們。

「這裡有幾句話。」因爲密室關係和聿一起惡補過簡易古語的東風指著被腐蝕的牆面一隅。「曾行過生與死……視過魂與靈……無服本地水、無食本地植……無債欠因果……不受牽引……」其餘部分被稠黑的液體覆蓋得太過嚴重，難以辨識。

「是什麼條件嗎？」虞因琢磨了一會兒，不知道是不是刻意爲之，他總感到腐蝕水澆淋最多的地方都集中在這些文字附近。「沒吃這裡東西的話，我們幾個人應該都算？」他們匆匆從國道趕下來都還沒吃過當地的東西，一路吃的是超商或國道餐廳，現在車上還囤了不少食物。

總之，先喊了幾聲叫屋裡的聿不要吃本地的物品。

還好不吃也不會斷糧，周遭便利商店的食物、礦泉水等都來自外地，感謝便利的現代社會。

「有剛剛那玩意作祟的話，入口的東西確實要斟酌提防。」周震轉著手上的羅盤，表情嚴肅地測算。「先找玖深。」

幾乎同一瞬間，驚恐的尖叫聲劃破重回寧靜的夜。

緊鎖的家家戶戶小心翼翼地探頭，連在前院的聿兩人都走到大門邊觀望。

很快地，踏出戶外的人們傳來吵雜聲——

「有外地的出事了！」

□

吾曾行過生與死。

吾曾視過魂與靈。

吾曾徜徉天與地。

吾勘透萬物衰興。

水滴落在麻痺的手指上。

玖深倏地眨眨眼睛，視覺極緩地恢復，身體的麻木感開始退去。

耳邊除了水聲還有某種銅鈴搖晃發出的聲響，一陣一陣規律地盪出同頻的音調，伴隨的是女性幽幽的歌謠吟誦。

人亦貪、人亦毒，人以萬罪把路鋪。

轉風水、轉風水，轉得青山失風水。

起調鈴、起壇旗，不起天宮地府音……

古調慢慢遠去。

恢復了些許力氣，玖深四肢並用地努力把自己從地上拔起來，對於爲什麼會出現在陌生的地方，他一點記憶都沒有。

……

對了，他最後記得好像是在後院，被強烈恐懼侵蝕的瞬間瞄到牆壁有點不太正常的線條，職業本能讓他勾出異光手電筒，那秒他就整個意識空白了，活像被外星人擄走後的腦袋缺失狀態。

周圍水氣很重、溫度極低，恢復觸覺時首先摸到的是一地濕潤冰冷。

……還有好黑好暗好可怕……

毛毛的東西從腳邊擦過，玖深毫無防備地被狠狠嚇了一大跳，快哭出來的瞬間聽見了有點軟軟的「喵～」，低頭發現毛茸茸的東西來自於一隻蹭在他腿邊的貓咪。

有活物突然讓人感到些許安慰。

玖深戰戰兢兢地抱起乖巧沒掙扎的貓咪，顫抖著掏出手機點開手電筒，果不其然這鬼地方一點訊號都沒有，緊急電話也撥不出去，可視範圍看見的全是深灰色石壁和濕漉漉的壁面，以及一些攀附其上的藤蔓。

純粹乾淨到全白的貓咪蹭了蹭玖深的臉頰，碧綠如玉的透澈眼睛直勾勾盯著驚懼的人類看。

「我我我不害怕……乖，我們一起出去……」玖深抱緊貓咪，吸了一口毛毛的脖子，鼓起勇氣扶牆起身，仔細判斷洞穴裡的植物、氣流等走向，接著害怕地發現，比較可能通往出口的方向好像是剛剛那種奇怪古調吟唱的來源處，很遠很遠的遠端似乎還可以聽見微弱的銅鈴聲回音。

玖深在這種狀況下當然不敢大喊「有人嗎」，萬一來的不是人，他今天大概就直接埋在這裡了，而且他感覺這個機率很大很大，於是盡量縮小存在感，抱著貓貓舉著手機，小心翼翼地開始移動步伐。

手機面板上的時間是晚間，洞穴溫度很低，他懷疑他和貓很可能在山裡，突然連想起黎子泓被阿方找到時也是在山區瀑布一帶。

結合種種可能性和外面的水聲，說不定他們同樣到了附近？

白貓非常乖巧，兩隻爪爪都搭在玖深的手臂上，給予迷失人類最大的慰藉。

冰涼的陰風突地從玖深耳後吹來，他嗚了聲將貓護在懷裡，完全轉身背對即將走過去的某種「東西」。

葉知岷……

阿岷……

這是哪裡……

陌生的聲音很輕，拖得很長，伴隨著某種東西在地上爬動的細微聲響，慢慢摩擦著潮濕的地面。

我是……

自願……

我是自願……

喃喃細語屬於很年輕的男孩，甚至很可能才剛經歷過變聲期。

把臉埋在貓身上依舊可以聽見過於年輕的嗓音在腳邊滑過，死氣沉沉的語氣，完全不像正常的青少年。

自願的……

哪裡……

阿岷……

你們在哪裡……

似乎看不見蹲在石壁邊的活人，遊走的「物體」就這樣緩慢爬出很遠，直到再也聽不見動靜。

過了好一會兒，玖深哆嗦地抬起頭，重新按亮手機燈光，硬著頭皮用攝影功能向後一照，什麼都沒看見，他才顫動著回過身體，再連忙把貓身上被糊了一片眼淚的毛毛用比較乾淨的袖子處擦一擦。

貓咪再度友善地舔舔被嚇哭的人類。

玖深照向爬行聲音消失的地方，好死不死也是通向他選的出口之路，換句話說，現在那端可知的不科學存在高達兩個以上。

所以該換條路走嗎？

後方傳來低低的啜泣聲，以及奇異的嬉笑聲。某種窸窣的動靜在反方向游動。

看來人生沒有回頭路。

心裡唸起各種阿彌陀佛大慈大悲觀世音，玖深繼續提起破碎的膽量朝明日路途邁進。可能這時候就是要相信未來吧。

幽盪的古調似有若無地繼續飄搖。

無服本地水，無食本地植。
無希求萬象，無債欠因果。
將不受牽引，而脫出幽境。

他不知道在黑暗中走了多久。

期間很多次都慶幸有貓咪做伴，否則以他孤身一人的情況下，絕對走不下去。

中途因為擔心手機照明會加速電量消耗，他還考慮過要不要捏著心臟關手電筒一段路，但意外發現手機電量並沒有使用很多，走了很遠才耗掉1％，也不知道什麼原理，總之他完全不想深究不合理的耗電量問題。

去掉理智，感謝餽贈就好。

不過邊走他也發現這處洞穴並沒有想像中荒蕪或偏離人煙，原因是看見了數次人為垃圾，這些垃圾有新有舊，甚至斷斷續續數十年間的東西都有，可以判斷踏足此地的人不少，且時間跨幅相當長。

簡易分類這些垃圾，可以發現多半是食物包裝袋或餐具、鋼杯、便當盒，還有一些損壞的照明用具，很高機率是刻意逗留此處時留下，但不知道他們的目的地，畢竟這裡看起來不是什麼適合野餐、欣賞風景的好地方。

藤蔓越來越多了。

先前阿柳的報告提過這些藤蔓帶毒性、要小心刺，所以他很小心盡量不讓皮膚接觸到。

玖深其實隱隱可以感覺到這條路最終會去到哪裡，即使想逃避現實，恐怕也逃不過被引導的路線。

最後出現在他面前的果然是滿滿貼實在洞穴石壁上的巨量藤蔓植群。

他驚恐到有點失神，不過下意識還是繼續往前走，沒想到右腳一個踩空，直接踏進一處水坑，污濁又刺骨的淺水瞬間淹到腳踝處，還盪出一股對他來說很熟悉的腐臭氣味。

全程乖順的白貓似乎很不喜歡這味道，四腳掙動、身軀一扭，直接跳出人類的懷抱，站在一旁喵喵叫了幾聲。

玖深用力吸口氣，抬高手機，向更遠處照去。

黯淡的光源順著淺水往前，逐漸可看到小坑延伸拉大，同時洞穴也跟著擴大，視野內是一片烏黑的深潭，光源有限，照不到邊際，只能聽到四處傳來的各種滴水聲和流動聲。

他僵硬地收回腳，鞋子還恐怖地拉出稠稠的牽絲感，纏在上面的黑綠色水草好像一起帶出了疑似人類手指的斷肢。

白貓舔著爪爪，一臉無關地洗起臉，彷彿完全沒看見深水潭裡出現了箭頭形移動波紋。迅速抄起正打算繼續舔毛的貓咪，玖深瞪大眼睛看著水紋，這時他更希望出現的是尼斯湖水怪哥吉拉巨齒鯊都好，至少這些生物比較正常，也對精神比較好！

可惜從水裡面翻上來的是具頂著巨人觀狀態的浮腫人體。

一個劇烈手抖，玖深差點把手機送走，幸好他單手在機子彈跳幾下後順利抓住，但晃來晃去的光源把洞穴照得更可怕了，還照到那具屍體不知道什麼時候轉過來的臉和猙獰表情。

雖然變形很多，瞬間理智的判斷卻讓他認出來這就是失蹤的高中生，不理智的部分則切分腦子另一半，填滿了「啊啊啊」大大小小細細粗粗的尖叫字體。

接著理智的那邊又讓他快速思考到這具屍體一點都不像死了十多年的模樣，按照對方失蹤的時間點，幾乎可說過度「新鮮」。

「不不不不要過來——」玖深看見水波還在動，眞的脫口慘叫：「在原地我拜託你在原地！不要過來啊啊啊啊啊啊啊啊啊！你不要過來我可以找人來撈啊啊啊啊啊啊啊啊啊！你靠過來我心臟病發會死啊啊啊啊啊啊啊！」

白貓被突然放送的驚聲尖叫嚇到炸毛，光速扭頭咧嘴向人類哈了一下。

不曉得是回音在這處寂靜空間太過震撼還怎樣，浮屍眞的滯留在原地了，還可疑地下沉許多，只留下四分之一露在外面。

「……」

「……」

敵不動，我不動。

除了順水流載浮載沉的屍體，空氣中其他似有若無的視線隱隱消失不少。

就在此刻，一路走來跟死了一樣的手機突然發出語音聲響，玖深這次眞的嚇到手機脫手，幸好他已經退開，手機只掉在濕土上，沒有下去變成尼斯湖水怪的飼料。

面朝上的手機螢幕上顯示阿柳的名字，幾秒後，無人也無貓接觸下，手機被接通了，還貼心地開啓擴音模式。

「你衣服上那些東西的分析出來了，全都是人血。」

阿柳的語氣極爲嚴肅，從遠方傳來警告：「不是一個人，很多人、超級多不同人的血，小心不要太靠近那個地方——」

通話戛然而止。

看不見的手掛斷了對外的聯繫，訊號格再度蒸發。

周圍藤蔓滴下黑紅色的血水。

玖深絲毫不敢動彈，很怕那些藤蔓和深潭一樣，滿布屍體。

不、不對。

如果對方有惡意，他應該早掰了。

上次和這次他都只有受到嚴重驚嚇，相對地，受傷的一太反而是因爲要把他從井裡拉出來……不科學的東西當時眞的想要對付他的話，不會讓他全身而退。

所以有沒有可能是，當時他的確被井「吃」了，但最終掉的地方並不是井裡，而是「這裡」，不知道什麼原因又通連回深井，被一太救起，除了一太受傷，把他從井裡帶出時並沒有受到更多的阻擋。

這麼一來……

「祢……祢們不一樣的……嗎？」

沉黑的水潭浮起一盞白色紙燈籠，青色火光點亮其中，接著一段距離外漂起了露營燈，散出昏黃光色……十多盞不同年代的光源一個個在水裡排列出道路，直指水潭的另外一端。

水潭末端其實並沒有想像中那麼遠，頂多一百公尺左右，捲繞在水面的濕冷霧氣散開，露出同樣纏繞厚重藤蔓的壁面，以及鋪滿凝固蠟液的詭異石台。

石台正中央出現一盞散發幽幽燭光的紅燈籠。

細微的聲音自玖深左側傳來，大約幾步遠的藤蔓牆乾枯剝落了一小片，出現紋路線條。

放下溫暖的白貓，他鼓起勇氣挪到藤蔓邊，抖手揭開糾纏的黑色藤蔓，更多圖騰顯露出來……應該說符文，歪歪扭扭的符文彷彿以不是很稱手的工具刻下，扭曲且深淺不一，還裂開許多細縫。

玖深也說不上自己現在是有意識還無意識，他的行動與思考幾乎是割裂的，腦子空白一片，明明知道藤蔓有毒性也有小刺，但手上動作卻越來越快，遇到纏死的植物就整個蠻力扯開，扯到手掌血肉模糊，暴露出密密麻麻布滿刻文的壁面。

最後，扯出一具蜷縮的骸骨。

□

虞因等人被騷動吵鬧引出馬路時，看見已經有不少村民在場。

大部分穿著都很隨意的村民呈半包圍狀態，想看戲又不敢接近事發中心，人們指指點點地跟著中心移動，竟逐漸往葉家的三合院靠近。

「靠杯！」

周震罵了句，邊大聲吆喝邊快速撥開人群，「借過借過！」

大概因為熱鬧中心就是「外地人」，看見同樣陌生的臉孔時，村民們還真的讓出一條夠寬的路，也讓虞因等人看見可用「恐怖」來形容的畫面。

深夜裡，渾身濕透並散發一股寒氣、拖著腳每走一步都在柏油路留下潮濕腳印的青年，滴著水的頭髮下，整張臉是死白的，嘴唇青灰，血肉模糊的雙掌捧著顆骷髏的頭部。

「玖……」虞因震驚地衝到對方身邊，抬起手想觸碰青年時，本該回應他的人誰也沒理，而是繼續以不自然的步伐向前移動。

他的目的地是葉家三合院。

老宅大門前圍了一群神色凶狠的中年人，擋住青年行進的方向，每個男人都很高大，肌肉發達、滿臉橫肉，面目充滿嗜血狠戾，大有隨手可以扭斷人脖子的凶殘模樣。

如果黎子泓在這邊，就會立刻認出這些人曾出現在劉家老宅裡，做著巡邏老宅的工作。

青年走到被擋住的門前，渙散沒有焦距的眼睛微微抬起，青灰的嘴唇發出沉悶的聲音。

「劉家走狗，走開。」

就在大家以爲外地人可能會被這群流氓打時，這些壯漢突然好像看到鬼似地，驚恐地左右散開，眞的讓出一條路。

帶著頭骨的人繼續向前走。

潮濕的黑腳印走過前埕，來到了不知何時清醒的老人面前。

死白的臉僵硬地牽動出很淡的微笑，血肉斑剝的手掌捧起頭骨，朝向老人開口——

「葉輝安，我說的時間，到了。」

白骨墜地。

「玖深哥！」

跟在後面的虞因反射性伸手接人，瞬間還以爲自己摸到一大塊冰，冷到完全不像活人。

聿和東風拿著幾張毯子快速把人捲起，回過神的老人指向主臥室。

「房間裡有電暖器。」老人把一群小孩帶進他的臥室，翻找出兒子去年孝敬的電暖器，並打開空調，很快地，房裡溫度直升，快速來到讓人冒汗的狀態。

剛幫人換藥包紮完沒多久，聿急救箱都還沒收起，整個直接再搬過來，迅速處理對方身上較嚴重的傷口，中途騰手打了支針進去。

因爲接觸大量藤蔓，植物毒素造成的紅疹密密麻麻出現在兩條手臂上，頸脖處也冒出不少，仔細聽還可以發現呼吸聲有著異常，唯一慶幸的是藤蔓引起的過敏並不到危及生命的程度，而且隨著時間過去，症狀有消退趨緩的跡象。

周震和一太、東風幾人沒有塞到房裡佔空間，不過大師不忘將淨水手珠都交給虞因兩人使用。

「散了散了！」

左鄰右舍出來揮退好事的村民們。

周邊鄰居和葉家長年相伴，關係比較好，接著又來了好幾名葉家旁系的親戚，合力驅趕那些還想搞事的劉家壯漢們。

不久，三合院前恢復一片清靜。

老人彎腰撿起頭骨，手指擦去一小塊髒污，臉上露出懷念的神色，聚集過來的貓群以黑貓爲首，發出悲傷的低咽。

「……這是？」一太詢問。

「算命仙。」老人輕聲嘆息。

東風瞇起眼睛，仔細觀察頭骨，「這位……應該不是老人。」頭骨保存得很完整，同時也保留部分特徵。先說了抱歉，他探手檢查殘存的牙齒，更加確定這是年輕人。「是被殺害的。」骷髏的額頭有一道重擊裂口，劈開的痕跡蔓延至上眼眶。

按照這道裂痕，這人當時恐怕被砍開快半個頭。

「人呢？」東風轉頭看周震。

「啊災，又沒出現。」周震無師自通，竟然聽懂死孩子問什麼，他本來也以爲玖深暈掉後會出現附在其上的怨靈，結果什麼都沒有，骷髏裡雖然有一股陰氣，卻異常乾淨。

屋外的人尋找可能躲貓貓去的「存在」，屋裡的人把昏迷青年身上又濕又重又髒的衣物全剪了，接著發現衣褲裡有很多藤蔓枝葉，一掉出來就像燒焦般燒黑捲曲，碎散得整件毯子裡都是，讓虞因不得不剝掉毯子，重新墊上老人借出的乾淨被褥。

不過還好，體溫開始回升，呼吸和心跳也都正常很多，否則眞的必須馬上送醫急救。

聿邊調整用藥，配合情況又推了半劑針，示意虞因繼續沖洗慘不忍睹的手掌。

血都沖開後傷勢更加明顯，掌心和手指幾乎都被磨爛或割開，完好的皮肉竟然所剩不多，光看就頭皮發麻。

慶幸的是沒有傷到重要的神經血管，但皮肉傷之嚴重，醒來後會痛到靠杯。

看看有點泛黑的肉，虞因硬著頭皮混些淨水沖過去，帶走一些黑污後，居然把人痛回一點意識了。

「嗚……」

「噓……閉眼……」聿摀住青年顫動的眼皮，低聲說：「現在不要醒。」

「……還在……要撈起來……貓……帶回來……」玖深並沒有安心地睡回去，掙扎著夢囈：「高中生……在那裡……口袋……」

虞因從地上那坨破破爛爛的髒衣物裡翻找出手機，點開後看到悲慘地僅剩1％電。

「足跡……」

玖深報了密碼，發完氣音、力氣用乾，斷電了。

1％電得到行動電源臨時救援，順利打開螢幕鎖與正在使用中的足跡ＡＰＰ。記錄的路線極長，延伸到山裡瀑布的更深處，用青年消失到出現的時間計算，完全不可能達成來回一遊。

虞因把路線傳給虞佟、虞夏，撈屍體什麼的只能讓警方介入，更別說不只一具。

高中生和骷髏，起碼兩具起跳。

處理好右手的聿小心翼翼地進行包紮，紫色的眼睛瞄了眼滿身是汗的另外一人。「你可以先出去外面。」

「……你沒汗腺嗎。」虞因看著面前還很乾爽的傢伙，感覺不平衡。

聿沒有理散發嫉妒的幼稚鬼。

得不到回應的虞因還是乖乖離開房間了，汗繼續爆發下去搞不好會污染對方傷口，只能夾著尾巴跑出來。

院子裡的貓群都不見了，只剩下那隻黑貓端坐在板凳上，金色眼睛直勾勾地與放在另一張椅子上的骷髏對視，營造出一幅怪異卻和諧的畫面。

外面又開始吵吵鬧鬧，聲音來源在右井那側，從音量判斷人數應該不少，於是老人離開三合院去看怎麼回事。

「好像是劉家的人又跑來了。」一太謹守著不能離開三合院的交代，步伐悠哉地從圍牆邊走過來。「人很多，我有聽到一些叔公伯的稱呼。」

「你還好吧。」虞因下意識注目對方的手臂，上面的絲絲黑氣已經不見。

「還可以，比較擔心玖深哥。」一太撥開手背上的紗布，原先印在那邊的雙圈消失了。

「玖深哥身上沒有那個印，不知道是不是被帶他回來的『那位』弄走了。」剛剛把人衣服扒掉的虞因上上下下檢查過，確認沒被蓋章，往好處想，十之八九是清掉了。

也有這種感覺的一太點點頭。

外面聲音轟然變大，貌似雙方人馬起了衝突，混亂裡聽見有人喊「報警了」，接著喧鬧更大。

「圈都不見了，可以去收拾他們了。」側頭辨識聲音，一太鬆鬆沒受傷那手的拳頭。

「……都受傷了，好好待著不要作孽不行嗎。」虞因感受到對方蠢蠢欲動的揍人慾望，有點無言。

「沒事，阿方也回來了。」一太微微笑了笑。

幾乎說完的同時，阿方踏進三合院。

「這樣收拾起來就很快了。」

劉家的勢力和影響在這村裡到底多大，外地人不清楚。

身爲外地人的虞因只清楚疊滿窄巷的高高一堆人在哀號，這麼眾多的打手，居然硬生生沒讓他們碰到鐵門。

終於可以出三合院的一太神清氣爽地抱著傷臂，發洩終了靠在鐵門上，愉悅地居高臨下俯瞰爬不起來的人堆，旁邊則是幾名鼻青臉腫的葉家親戚，比較小的年輕人都用一種憧憬的視線望著外來二人組，活像立刻就想衝過去拜師的樣子。

沒辦法，阿方兩人出來時雙方已經開打，葉家的人比較少，平常也沒做什麼壞事，戰力不高，一開始被劉家的人壓著打，有幾人鼻血噴得滿臉都是，看起來相當狼狽，但比起整體黏在地上起不來的劉家打手群，他們又好太多了。

劉家幾個特老、一看就是家族地位最高的老人們氣得目眥盡裂，然而就算氣到臉都扭曲、咬牙切齒，他們沒一個踏進窄巷一步，畢竟剛剛那個叫阿方的才搥了個六十歲長輩，他們懷疑這個年輕人搞不好八十歲的都敢下手。

「私人土地，勸你們止步。」一太發出親切的提示。

「滾出去！」葉輝安揮舞著順手帶出來的掃把，怒氣沖沖地指著劉家幾人，「滾出我的地！」

「對，滾出去！」

「我們葉家不歡迎你們！」

「私人土地滾出去！」

幾十年來默認這群人作祟的葉家親族一聽長輩開口，馬上異口同聲地驅趕劉家，連同鄰里與多年來看不下去的村民，聲勢轉爲浩大。「滾滾滾！這是葉家的地！」

派出所員警越過一圈圈的看戲村民，終於擠進鬥毆中心。「幹什麼！不准再動手了！」

老員警們不想與地方勢力衝撞，來的幾乎都是年輕隊員，雖然大致知道葉劉兩家的事，但細節並不清楚，多半僅限於知曉小孩落井後進行了幾十年的詭異井祭而已，更深的仇怨就不知道了。

因此勸起架來沒什麼顧慮，立即就把兩方人馬分開。

「人家葉家的地人家自己做決定，你們就不要隨便跑進去了。」帶頭的小隊長勸道：「以前讓你們進去拜只是人好，不是整塊地義務要送你們欸，吃到這麼多歲了人情義理要懂吧，萬一人家抓狂起來告你們就不好了。」

劉家的老人們憤恨地連員警們一起瞪，完全不認同對方的勸解。

「對，再進來就告你們。」葉輝安態度與以往的隱忍完全不同，強硬冷聲地說：「從今天開始，劉家的人不准踏進我們葉家的地半步。」

有警察在場，劉家的人即使忿忿不平，確實不能再幹什麼，大多數村民從打架開始就已經拿手機在旁邊錄影，雖說他們不受外界謾罵流言影響，但「這時間」鬧大了還是很麻煩。

「先回去。」站在最後方的劉志明陰冷地與葉輝安互視半晌，扭頭支著拐杖離開，剩下的人則彼此攙扶，狼狽地全數滾走。

虞因盯著最先走掉的老人，也就是劉家家主劉志明，不禁皺起眉。

「作孽啊。」周震嘖嘖看著蒼老佝僂的背影，數條如同爪子的虛影盤據在老人背脊上張牙舞爪。「看來高速上掛掉那單的源頭就這裡了，一樣的東西，這老鬼的業障也快要反彈了。」應該說，他所見的劉家人從老到少，或多或少都揹了類似的因果糾纏，每個人身上都有難以化解的怨氣和死氣。

「所以他們到底養什麼？」虞因看得其實沒有很清楚，但也隱隱看到爪子一類的黑色東西在老人背上遊走，另外就是好像還有條怪影子……大師應該也看見了，可能都被歸類在業障裡面吧？

「嘖，我大概猜到幾個，去找人確定看看。」周震抓著腦袋，感覺暴躁。結合後院圍牆的那堆符文，恐怕事態比想像複雜許多。「對了，記得村裡的東西都不要吃、不要喝，沒必要的話乾脆都別碰。」反正他們現在有兩批人，一批先來的都吃喝過了，一批沒有，可以當對照組。

「好。」虞因想了想，決定還是別去本地超商，天亮後乾脆叫個遠一點的外送，到時候給外送員多點小費，預防車上儲備糧食不足。

沒熱鬧看之後村民們都散走了，畢竟大半夜，人還是要睡覺的。

一行人返回三合院時，聿正好擦著手走出來。

虞因向對方再度確認昏睡那人身上有沒有雙圈印記，證實真的已經完全消失，沒有轉移問題。

「那個好像也沒有出現後遺症。」東風指指狀態沒異常的一太，後者和阿方站得比較遠，不知道在說什麼。

聿見一堆人似乎沒有打算要睡，逕自走去車上搬食物下來當宵夜。

拿包能量飲，東風夾著繪圖本走去描骷髏，一直沒離開的黑貓順勢靠到人類腳邊，整個人立起來，前腳搭到椅子扶手，有模有樣地盯著畫冊。

「不過這頭骨的主人去哪裡了呢。」阿方也過來撿包麵包，拋給身後悠哉散步過來的友人。

「我總覺得應該還在，但不知道跑哪裡去了。」虞因其實多少有察覺隱蔽的視線感，可是真的要指出方向又指不出來。

……

……

等等，搞不好還有個地方。

虞因猛地轉向客房花窗，不知道什麼時候開了燈的客房窗戶上有抹黑影劃過。

「玖深哥看到的影子就是算命仙？」一太嚼著菠蘿麵包，感覺超商賣的有點膩口，忍不住懷念起工作室的好吃麵包。「回去之後我想要預約栗子紅豆抹茶吐司。」

聿頓了一下，沒開口說他剛也在想回去要做栗子紅豆抹茶吐司。

某種怪異的叛逆心悄悄生起，不然做橘丁乳酪吐司好了。

「爲什麼突然跳成這個話題。」虞因默了兩秒，重新拉回主題：「我認爲應該是，畢竟這個院子不是有青山娘娘庇佑、連右井裡的東西都被壓制數十年嗎，但那抹黑影在這裡已經很久了卻沒有受影響……對吧，算命師先生。」

客房的燈倏地熄滅。

啪嗒。

腐臭味隨著夜風吹拂散開。

處因這時很慶幸還沒吃東西，周遭的人沒發現異常，煩躁的大師在屋內與老人相談。

因此只有他看見大門口處，那具趴著的腫脹屍體。

□

那是，很平常的一個假日。

一點都不稀奇，只是個相當適合出遊的普通假期。

他很喜歡老舊的事物，紅眠床、木家具，還有各式各樣的老傳說。

於是偶然聽說了朋友位於山邊偏鄉的老家時，他起了非常濃厚的興趣，尤其是至今還有香火供奉的青山娘娘與神祕的詛咒井傳聞。

因此他在幼溪村的這段期間花了大量時間與精神記錄這些，拍了無數照片與影片，還打聽到許多鄉村軼事。

十多年前，右井的管制沒有現在這麼嚴格，況且他們是葉家的客人，所以很輕易就可以去看幾趟傳說中吃了小孩的深井。

朋友們跑去玩時，他用誠心說服村長，在村裡借閱村莊歷史。

朋友們跑去看瀑布時，他繼續研究深井的奇妙花紋，以此和村誌裡收錄的圖文做比對。

隨後他發現這座村子有被人刻意抹掉的……

「你們這些外地人，欠收拾。」

「不過沒關係，你即將成爲『一員』。」

面目陰冷的劉家老人把他堵在死巷，幾個高大壯碩的成年人包圍起高中生，一點也沒把學生的害怕放在眼裡，反而惡意地加大恫嚇力度。

他不記得後面發生什麼事。

渾渾噩噩地回過神，已在三合院裡收拾行李，身邊是朋友們在嬉鬧玩樂，明天就要乘車回家，有人提議下次有機會可以再來玩，畢竟瀑布風景很漂亮，還有好吃的燒烤。

他跟著點頭，身體彷彿不是自己在操縱，卻又做著自己熟悉的事。

之後的記憶他又忘了。

半夜沒人時，順著那條路走過去……

你是自願的……

來，跟著前面的人走……

瀑布很美吧……

所有的一切，都是你自願的……

「對，我是自願的……」

他張開雙手，對著漆黑的瀑布開心地笑了起來。

爲什麼這時候會笑？

爲什麼他會在這個地方？

葉知岷他們呢？

葉知岷在哪裡？

這是哪裡？

他怎麼不記得？

他……

「我是自願的……」

他輕輕一跳，躍進瀑布所在的斷崖裡。

葉知岷……

你們在哪裡……？

我又在哪裡……？

我是自願的……

我自願……了什麼……？

黑色的爪子插進腹部時，他還是什麼也不記得。

我自願了什麼？

□

「你自願斬妖除魔、維護公平正義，發誓要蕩盡世間負心人，加入婦幼之友，成為新時代的超級英雄喔孩子。」

黎子泓剛睜開眼睛，腦部還來不及好好運轉，突然就被迫塞進一串毫無意義的垃圾話，而垃圾話的源頭根本沒自覺他在騷擾傷患，很自得其樂地繼續反社會之舉。

「喔，聽到超級英雄就醒了，看來你永遠不會是稻草人可愛的小夥伴，也不是薩諾斯陣營，這世界大概只剩下你的小宇宙和你的命可以讓你用愛發電，死了一遍又一遍。」

「……」坐在一邊的葉知岷把椅子往牆邊拉，總覺得和阿方交接的新客人腦迴路有點沒接好。

法醫都這樣的嗎？

工作壓力很大嗎？

「……正常點。」黎子泓閉上眼睛，不太想剛睜眼就對上發作的友人。

「大哥哥經歷了一連串小圈圈的排擠背叛、小孩子的叛逆期、前室友玩遊戲沒找我，正常的額度用完了呢。」深陷陪護沙發的嚴司甩著手上的病歷夾，感嘆：「大哥哥還命苦地喬了ＶＩＰ病房來裝這些小壞蛋呢，你看看你們，出門不通知，醫院集體睡合宿，嗑了藥還要排隊篩檢，流程慢進度慢，差點都被你代謝完了。」

躺在特製病床上的傷患決定轉開頭，等隔壁的異常分量燃燒完。

三秒後，沒法充耳不聞的人還是無奈地回頭睜開眼睛。

「毒品嗎？」與先前相比，身體輕鬆很多，加上黎子泓剛剛聽見了「代謝」兩字。

「對啊，說起來你可能要感到榮幸，你終於達成這輩子『各種嗑藥體驗』的新成就，可能是因爲這樣你才會腎上腺素爆發、日行千里，瞬間秒速出現在山巓的另一邊。」嚴司站起身，調整點滴裡正在中和剩餘毒素與代謝的藥物。「所以你現在還有看到幻覺嗎？想高空彈跳嗎？頭暈目眩嗎？可以好好講話嗎？」

「……應該是你可以好好講話嗎？」打起精神，黎子泓感受著無奈的心情，想盡量快速地整理現況。

運氣好的是，雖然還有點暈眩與肌肉無力，不過邏輯算清晰，至少眼前損友各式各樣的抱怨他都可以清楚理解，也沒什麼其他特別嚴重的不適感。

充當背景的葉知岷看看左邊又看看右邊，在詭異又變形的空氣裡，決定繼續當好他的背景板，於是把椅子又往角落拉了一段。

嚴司聳聳肩，毫不客氣地換位置，一屁股在病床邊坐下，隨意從口袋拎出那根還在努力運作的錄音筆。「開驚喜包？」

「可以。」黎子泓也不曉得錄到什麼，佩帶這東西原本只是職業養成的習慣，從村誌檔案庫出來發現異樣他就按下去了，幸好那些人並沒有搜走，似乎當作是另外一枝普通的筆。

現場開箱不難，嚴司一下車就到這裡，電腦設備都在背包，立即將錄音筆裡的檔案導出，用軟體過濾錄音檔後迅速找出幾段比較重點的部分。

從黎子泓開始失去意識當下，被模糊掉的對話時刻。

葉家小鬼找你們來，想破壞井祭，我們知道。

你們這些外人，一個個都充滿亂七八糟的好奇心，殺了一個又一個，眞的是死不完。不過，會在這個時間來，也是應了「那些話」，該是我們劉家重新崛起的時候了。

用你們這些祭品的血作爲供奉，用那小鬼的靈魂和身軀當作餌食，葉家那兩個礙眼的氣運盡了，沒有什麼外來人可以改變的屁事，六十年後該死的封鎖終於可以衝破，神明終於可以從那些自詡正道的虛僞詛咒裡解放。

這塊土地，該還給主人了。

我們劉家終於要迎來至高的輝煌與生命庇佑。
你安心，你們的血不會白流，一切終將成為神明的一部分。
不用煩憂，不用害怕。
來，把這些喝下去，你就可以安心過去。
神明會在瀑布等你。
你只要走過去就好了，神明會教你怎麼走。
你的命你的魂靈，都將是你自願的。
你自願獻給神明。

蒼老的聲音說完，後面是一串灌東西的聲響，接著是類似宗教儀式的經文吟唸，數道不同的老人嗓音唸唱著同樣的內容。

重複幾次後，層疊的老人聲中慢慢出現另一種異於人類的發音，更偏向是生物的嘶嘶聲，聲音忽近忽遠，帶了一些失真的模糊。

走去……

自己走過去……

神明會幫忙你……

之後是很長的一段野外行動造成的聲響，一直持續到被阿方發現爲止。

嚴司把完整錄音檔傳給聿及遠方實驗室裡的阿柳，指尖在鍵盤上敲兩下，看友人想從躺姿起身，順手把床搖高點再加顆枕頭墊背。「所以你在村誌中查到什麼？人家都加急對你動手了，難道有什麼金礦還是軍隊留下的寶藏嗎。」

「一些傳說軼聞。」黎子泓微瞇起眼睛，打開手機調出拍攝的相片資料接到筆電上。「因爲井祭讓我對這裡的民俗有點興趣，想知道爲什麼劉家會有這種動作，所以向源頭查看看是不是幼溪村以前有類似的祭祀行爲。」

「應該是沒有。」葉知岷插嘴：「我阿公沒提過。」

「嗯，所以我順便調查了本地其他信仰。」往前翻閱老舊的資料，出現了更久遠以前年代的記錄。不過當年記載不太明確又缺漏很多，有一段沒一段的，幸好經過簡單整理後也可看出個大概。「除了青山娘娘以外，還有數種本地土地神，大部分都是保佑平安、豐收，以及出行順利，另還有一位守護順產的娘娘。」

當然，至今最有名並備受村人推崇的是青山娘娘。

「地緣關係呢？」嚴司問道。

「青山娘娘距右井最近，接著是村廟土地公、村頭的另一位護產娘娘，其餘幾位散落周邊，沿山路過去往瀑布方向則曾經有過山靈的祭拜，溪那邊有水神。」不知道該說巧或不巧，近百年歷史的青山娘娘廟在一眾陸續出現或消失的大小信仰裡，一直離後建的葉家三合院最近。不看周邊的建築或道路、田地等物，兩者地圖上的位置甚至是在同一條座標線上。

「劉家要我走向瀑布的神明……」

「山靈沒拜了？」嚴司比較注意差點出事的瀑布，轉頭詢問葉知岷。

「好像早就沒有了，我沒聽其他人說過，不過住在這種地方多多少少會拜山神。」遠遠貼在牆壁邊的假當地人搖頭。

「我正在調查山靈信仰記錄時就被打斷了，不知道確切是從什麼時候開始與結束，但六十多年前那時候並沒有山靈祭拜的相關資料，應是更早更早之前。」黎子泓思考著回去後再借閱剩下的村誌繼續讀，畢竟錄音筆裡劉家老人親口說了神明在瀑布等，也就是說瀑布那邊的山靈極大可能有問題，更別說已經沒有祭拜山靈了，怎會有「神明在等」一說。

三人各自沉默了一會兒。

黎子泓拿回手機，他在昏迷期間群組跳出極多訊息，剛剛還來不及看，一滑開就看到這次虞因弄的群組裡已經99+，三合院今晚也非常精彩，群組上傳了許多照片，還有葉家後院圍牆上一圈圈的符文。

最新的是玖深帶回來的頭骨與東風按照頭骨繪製出來的人像畫。

「玖深小弟好像跑去超有趣的地方大冒險，小孩長大，新世界變廣了。」同樣看見神祕照片的嚴司嘖嘖稱奇，總感覺小朋友在沒看見的地方開的地圖越來越猛了呢。「不過這個人眞倒楣，先捱打，沒死還被補刀。」

「咦？」葉知岷發出好奇的聲音：「誰？」

「掛掉的算命師同學。」嚴司放大頭骨照片，研究上頭細小的傷痕。「沒有身體部分，所以不知道，不過腦袋看起來是被痛打，之後用極大力氣劈在頭部，可能是柴刀一類。」

一般來說不太會正面被劈得如此完整，正常人有意識必定會抵抗，大致可以推測這位很可能被痛毆後已經不太能自保。凶手極大機率本來就是衝著弄死他而去，否則其實可以打完人丟在洞穴裡等死就好，還特地在臉上補這刀……

當然，也不排除是死了之後屍體慘遭破壞。

所以是之後有什麼把凶手惹到暴怒，引來新一輪洩憤？

8

葉知岷……

你們在哪裡……

虞因睜開眼睛。

爲什麼是我？

爲什麼是他？

滿是藤蔓的山洞內，法師與十人陣正在無聲向前。

最前方的法師端著蓮花燈，引路鈴搖出詭異又具有某種韻律的高低音調。

戴著奇異面具的法師在寂靜中唸唸有詞，以法咒開路，周邊捲繞的藤蔓退至一旁，露出藏匿於深山內不爲人所知的深潭，濃稠的黑色潭水逸散出幾乎要將人味覺奪走的氣味。

汝等，須記名給神明。

交之鮮血，獻之忠心。

一旦背叛，天誅地滅。

神明會繼續庇佑信徒，厭棄那些無知的愚民。

法師踩過藏在潭水裡的路，將蓮花燈供奉至祭壇，揮舞手上的法器，斬下祭壇上躺臥女子的頭顱。

神明將重生。

爲此，神明需要大量的血肉。

由信徒奉上。

「爲此，神明需要更多的血肉……」

虞因耳邊傳來女性幽幽的低語，寒冷的吐息掃過耳郭：「凡曾得到應許者，與之交牽因果，而牽起因果線者，將永生永世無法傷害神明……神明將獲得容器……」

容器是誰？

容器是擁有天生邪惡的稚幼之體。

面前的法師與十人陣在蓮花燈熄滅後一起消失在黑暗中。

虞因在幽暗裡聽見掙扎的細微聲響，一群人的腳步聲由後匆匆走來，拖著沉重的物體甩在牆邊，發出粗俗的罵語。

「丟著等等就死了，不然『神明』也會把他吃掉，新鮮的血肉『神明』最需要了。」

這些腳步聲很快再度遠離。

過了一會兒，被丟下的「物體」居然重新發出沉重的喘氣。

「……不行……必須告訴……要小心……」男性虛弱自語的位置相當低，整個人幾乎貼在地面，「……盡我所能……以吾的性命與靈……封邪陣……葉家……期望葉家等到轉機時……你們的冤屈……會……」

臥在地上的人奮力起身，發出一連串聲響，那些藤蔓也跟著動作傳來騷動，濃郁的血腥味擴散開，然後是牆面被奇術刻畫的鈍響。

「……堅持下去……六十年……六十年……會有人牽起一切……不要畏懼……」

不知道過了多久，遠端又傳來許多腳步聲，接著是暴怒的罵句。

「竟然沒死！」

「還敢做手段！」

「砍死他！」

利器劈砍血肉的聲音迴盪在洞穴中。

最終一切再度恢復平靜。

他再度睜開眼睛。

沉黑的帷幕散去，重新回到眼前的是清晨吹拂著涼風的三合院。

頭骨已經被移進大廳桌上，葉爺爺找了個木盒收納安置遺骨，目前無人的大廳裡只剩黑貓依舊端坐在木盒前，一雙金色眼睛直直盯著盒子。

稍早東風已把頭骨的人像畫按年齡估算快速弄出來，經過葉爺爺的確認，確實就是當年的算命仙無誤。

虞因走到貓旁邊的空位，搗著正在發痛的臉無聲哀號了一會兒，剛抬頭就看見金色的貓瞳盯著自己……不得不說這隻貓實在過於人性化，連看著人類的表情和眼神都有點像在看戲的興味感。

不管是貓還是奇怪的深井和詭異的祭祀，這次事件已超出一般凶殺範圍，直往怪談方向衝過去了，他們眞的可以幫得上忙嗎？

當年涉案的人數好像很多啊！

他隱約可以猜到國道上那個老者死亡的原因了，如果他們被神明罩的區域有限，那麼一離開這裡，那些人的報應和冤孽是否會立即回頭找上他們？顯而易見，會的。

恐怕那輛救護車會出現在國道上就是這個原因，某些怨靈嘗試影響某些事物，努力想要報復劉家的人，更進一步地說，是劉家手染鮮血的人。

從這點來看，劉家人確實要離開村莊範圍才會有報應，但或許還是得像死掉的老人一樣，出現痴呆或無法抵抗異狀，方能勉強成功。

「他們說的那種『神明』眞的存在嗎？」

須要吃食血肉的神明？

黑貓瞇起金瞳，發出悠長低吟的叫聲。

接著一人一貓猛然轉過頭，正巧走到門口的人腳步一頓，怔怔地看著兩雙眼睛，臉部表情還有點呆滯沒反應過來。

「玖深哥？」虞因連忙站起身，才想說聿不是在照顧這人嗎怎麼讓他亂跑，就看見聿跟在後面走過來。

「我……」玖深腦子還有點渾渾噩噩，甩了手兩下，傳來火灼般的疼痛感分去他稀少的意識和注意力，又過了十多秒才呆呆地反應過來這裡是哪裡，眼前的人是誰。「爲什麼……在這裡……？」

聿扶著人在一旁坐下，扭開礦泉水、插好吸管，拿著遞到青年嘴邊。

等人喝好水，虞因將手上大師給的佛珠和家裡帶來的平安符掛到對方身上，輕聲問道：「玖深哥你還好嗎？」雖然無法進來這座三合院，但他隱隱看見幽暗的大門外，清晨的微光裡有好幾條模糊的黑影在外棲伏，雖然看不見眞實模樣，但有的可能很慘，輪廓整個扭曲並趴在地上。

這些存在並沒有惡意，是昨天跟著算命仙從某地方出來的。

「……還……好。」玖深看著包裹得很整齊的爪子，記憶慢慢清晰。在虞因兩人耐心的等待下，他回憶了一會兒黑暗裡的洞穴，邊想邊斷斷續續地告訴兩人裡面的事，最後發現記憶停在藤蔓後那面牆。「是同一個人刻的……筆畫一致……裡面還有其他物品……可能可以查到線索……」洞穴周邊先不說，主要是藤蔓裡也纏了不少，發現屍骨的那面藤蔓牆裡亦同，他最後記得曾看見高低有異的噴濺血點，說不定眞可以查到什麼。

還有祭壇。

想到這裡，玖深請聿幫他拿來充好電的手機，約莫十分鐘前阿柳傳了訊息給他，那塊金鎖片上面沾到的不明物質是某種生物組織，與他衣服上的一部分血液吻合；另外就是當地的刑事今天早上就會過去他傳來路線的那處洞穴，核實底下是否眞有大批屍體。

這個推測會在未來幾小時後撈起第一具屍體開始得到證實。

「你們幾個是沒睡嗎？」周震打著哈欠走出來，將手機拋給聿，「轉群組個，那些符文查到了。」

來自於寺廟師父們與相關民俗研究者的幫助，大家連夜研究出牆上、井身等處的圖文來源與用處，該算運氣很好，他們竟然還聯繫到牆上那片符文原始出處的道觀。

師父們不清楚這個「道觀」與算命仙有沒有關係，總之觀裡也養了不少貓。根據對方提供，牆上那片符文是用來鎮壓某些非常不乾淨的邪祟，不是傳統大家所想的那種人掛掉之後形成的惡靈，也非正常生成的精怪，而是「異端」。

「就不是鬼的東西，欸……突變魔神仔……也有可能是你們電影看的魔物啥小的。」周震不知道該怎麼確切形容那玩意，反正就是很不好的東西。那些傳來的資料在最後還特別囑咐他們千萬別硬碰硬，人的命都是命，要好好保重。

虞因突然恍然大悟，爲什麼周震會對黑爪子喊那些話了。

根據專家們的理解，井裡的東西還未完全成形，所以長久以來只棲停在村裡，但恐怕很快就要衝出來，那些符文即將失效，這點光看近日頻頻出現怪事，以及昨夜那些破壞圍牆的爪子就可推測，一旦讓其衝出，只怕會危害到很多人。

當然，這句是廢話，還沒出來就已經危害到人了，衝出來會怎樣不用想也知道。

道觀給予的建議是找外地人破壞祭壇、塡掉井，並且將可能產生的「神明寄體」帶離該地，最好是送到大廟裡淨化或焚化。

「寄體？」虞因疑惑。

「根據影片中他們祭井時的行爲，應該就是養在井裡面的玩意。」周震接回自己手機，順便在旁邊帶來的食物袋裡翻了個草莓麵包出來。「沒意外就是那個掉下去的小鬼了，祭井是從那時候開始，時間符合。」

「所以井不能隨便開是因爲眞的有東西在那裡，週期性？」虞因想到葉知岷同學失蹤後被阻攔開井的事，有意思的是，警方還真的找其他方法了……該不會他們當時精神也有受到那東西的某些影響吧？否則按照他家大爸二爸的通常做法，是直接當場開井的，盧小的人都隔到旁邊。

「影響生長吧。」周震隨便猜測，「有的養東西時不能隨便照光，照了就掛了之類的。」要養怪物也得看天時地利人和，錯誤的時間打開就會出現錯誤的成果。

「本體在山洞裡面。」

一旁的玖深突然開口：「有東西在吃屍體。」

黑暗裡浮起來的屍體除了撕裂傷外——

還有啃食傷。

□

「所以我們現在要抓的是異變魔神仔嗎？」

嚴司看著筆電螢幕另一端的小孩子們：「變成超越宇宙的新業務了啊，感覺很刺激，下次會有外星人嗎。」

「那邊道觀會派人過來，不過這裡太偏僻了……聽說道觀本身位置也很偏僻，加速趕也要一天。」周震翻看手機新收到的訊息。

黎子泓推開對異世界物語感興趣的友人大頭，將所知在腦裡面跑一圈，說道：「我們本質是警方，目標放在劉家。」完全清醒後他率先聯繫附近的檢警單位，並將相關的錄音與血液檢驗遞送過去，這些足以申請把部分涉案者扣押下來，算算時間，承辦單位應該差不多要出發了。

「對，你們要抓活人，那玩意就是有人養才會一直到處爬，把它『信徒』搞掉可以堵掉它一點路。」周震很同意這個看法。

「青山娘娘廟那裡說會提供一些東西給去山洞打撈的隊伍。」剛接完電話回來的葉知岷推開房門小聲說：「村裡葉家這邊的人和村長他們會幫忙，但劉家的人會搗亂，就盡量了。」

「等等！別給！」一直很安靜看所有資料的聿突然開口：「只可以本地人拿。」

幾人猛地意識到他的意思。

「範圍這麼廣嗎？」虞因想到那個不能吃喝本地物品的事。

「防範。」聿點點頭。

「外地人拿我們帶來的東西吧。」周震指指停著車輛的方向，提前知道這裡有問題時他就帶了不少備品，正好派上用場，「到時候我跟著走一趟……不要跳出來咬人應該都沒太大問題，大概。」說眞的，他還眞沒把握對抗那東西，畢竟他又不是專業人員，頂多就是發現事情不對時，提前趕快帶人逃逸。

「我也去。」一邊的一太揮揮手。

「小朋友不要湊熱鬧了。」也在出發組的嚴司瞥了眼彼端的電波人類。

阿方按著友人的肩膀，把想作祟的傷患壓回椅子上。

有沒有什麼特殊感應不知道，但他看這傢伙的表情分明就是想看熱鬧的成分居多，更別說他沒講他有什麼鬼預感了，基本就是好奇。

「唔，說不定去那裡有什麼……」一太彎起友善的微笑，看著發出強烈「不要搗蛋」氛圍的友人。

「不，你沒有。」阿方秒回。

一太聳聳肩，他還眞的只是想去看看那個山洞，看看這種無法看見的東西是從哪裡跑出來。

「玖深哥也去嗎？」正在完善剩餘畫像的東風看著蘑菇般蹲在大門口的人，抱著黑貓的青年好像還沒完全回過神，周邊圍滿一圈貓，光影映射下，莫名有點滄桑感。「說起來爲什麼是抓玖深哥？」都連續兩次了，應該不至於真的是看他好欺負吧？

虞因跟著看過去，他糾結的點是要不要去告訴玖深門外面有一堆東西在爬，距離他不到一百公分，圍著的那圈貓的目光也都放在那些存在上。

不過它們好像沒有要傷害玖深的意思，只是在那裡繞圈爬……不用特別提醒也沒事吧！

「玖深小弟先讓他休息囉。」嚴司雖然沒看見小孩子變怎樣了，不過聽描述也知道應該嚇得要死。「回去帶他多吃一點好的東西。」

被眾人偷偷關懷的玖深摸著黑色貓貓，突然原地唰地迅速站起，屋內的人霎時安靜下來。

抱著貓咪的某鑑識衝回屋裡，臉上沒有大家猜測的萎靡，反而很慎重地看向大師：「我有沒有可能是備品？」

「啊？」周震的第一個想法是對方終於被嚇鏘了嗎。

「就那個、和劉萬福很類似的……」玖深認真想想，說道：「我發現除了劉萬福以外，其他的人好像都是死在水潭那邊，包括黎檢還有葉知岷的同學，但那位同學明明是在這裡失蹤的，按照吃人井的傳言，他其實應該要被井吃掉，可是他是和黎檢一樣走去瀑布，唯二被井吃的……」

「只有當年落井的劉萬福和玖深哥！」被這麼一提，虞因等人也立刻發現差異。

「啊靠！」明白這個意思後，周震秒向玖深要來出生日、血型與八字，還有一些細碎小訊息，接著跑去旁邊找師父們推算。劉萬福、也就是劉家小孫子的有記錄在案，介入時就分享在群組了，倒是不難核對。

玖深蹲在那邊想了半天，想到他每次都是不知不覺從井邊轉跳到水潭山洞，或許他可以理解成他是眞的被「井」吃了，但因某些原因被某些不科學的東西虎口搶食，硬生生拉去山裡。第一次不知道怎麼繞的，被一太再次經過吃人井拉回來了，第二次則是和算命仙回來。

一太雖然有被抓交替、蓋記號，但顯然沒他這麼慘，甚至第二次井抓人時照樣抓他，針對一太的動作更像是警告。

所以最終目標還是自己。

有什麼原因讓他和劉萬福一樣必定要被井吃掉？

雖然不想朝過於驚悚的方向想，不過玖深想到的選項裡就有個儲備糧食之類的名詞。

儲備糧食也是儲備，儲備寄體也是儲備，特地丟到特定的地點就是某種儲備。

外頭抗議讓警察去瀑布打撈的喧譁聲開始出現了，劉家果然不同意外地人來這邊指手畫腳，但師出無名，加上瀑布周邊根本是國有地，村長幾句你們管啥小，帶了一行人擋住想去鬧事的劉家，附帶管區也出面管制幾個通往瀑布的路口。

周震聽見外面的吵架聲嘖嘖了幾聲，拿著寫得亂七八糟的小本子回來了：「好消息是你可能當殼，壞消息也是你可能當殼。玖深和那個劉萬福當殼的屬性有點肖似啊，可以安慰的是天生壞種這點沒有，糟糕的是玖深命更好，經常逢凶化吉，是我我就選你，以後用你的殼還可以保平安。」

玖深抱緊貓，在大師看備選肥肉的目光下退退退到聿和虞因身後。

「但對那玩意來說，玖深不是最佳選擇，可能剛好發現可以用，標記個。」周震想想，突然想到另個可能，「又或者你也只是個被抓交替的？」

被誰？

「——！劉萬福？」玖深猛地意識到前面還有個掉井一號選手，如果他的遭遇起因不是那存在本身要抓人，而是另一個受害者要抓交替，那麼條件確實不會選得很精準，只要大概有點符合就行了。「什麼怨什麼仇！」爲什麼要這樣害他！

「水鬼抓交替時也沒有在跟你講道理的啦。」周震擺擺手，覺得小孩們還是想得太美好了，這些玩意就是看到覺得ＯＫ的就下手了，早抓早解脫，誰在那邊跟你要求百分之百符合，或是有仇沒仇、有緣沒緣。

「我覺得應該是這樣。」一太認同抓交替的說法。

「所以當年劉萬福掉下去前那東西就已經在井裡了嗎？」虞因感覺還是不太對，如果當時怪東西就在裡面，並且井底可以通到瀑布祭壇，那麼挖井的其他人怎麼沒事？其他小孩在那裡跑來跑去怎麼也沒事？

劉萬福掉下去那時，是不是還有什麼被忽略的因素？所以才造成後來吃人井的產生？

「順序是，算命仙來過，劉萬福墜井，這期間開始吃人井傳聞，之後算命仙又來了……很可能之後沒多久就死了，接著是葉知岷的同學失蹤，然後是我們來了。」玖深騰出手，試圖彎曲被包得厚厚的肥大指頭，「同學和黎檢一樣都是對井產生興趣，調查之後被劉家設計跳瀑布。我和劉萬福是因爲可能當寄宿體所以被『吃』，那麼爲什麼『神明』需要寄宿體？這感覺好像不是乩童或神婆之類的那種需要，而且還有個本體應該在瀑布祭壇？它有本體的話要寄宿體幹嘛？」

「按照動漫影視的梗……本體出問題要換一個？」虞因跟著扳手指。「或者要來個人類分身？」

「應該是前面那個。」一太比了個一，「本體出問題。」

「幼溪村在百年前到六十年前間，都還有其他自然神或土地神等當地衍生信仰，後來只剩下目前幾個。」黎子泓說道：「出問題的『神明』就在消失的信仰裡。」他還來不及調查到的山靈那部分。

「那不就是，近百年前有個啥神明簡稱A，A出問題沒人拜了，之後祭壇地下化，不知道劉家搞什麼邪教開始幫A找寄宿體，讓A換帳號重新降臨，噹噹我又回來了，後面一連串的事情都只是邪教信徒在作祟。」嚴司嘖嘖兩聲，附上感想：「邪教和詐騙都害人不淺，不如送去隔壁勞改吧。」

「去拿村誌。」東風和聿起身，他們原本也打算去把剩下的村誌接手看完。

就在這時，外面的騷動更大聲了。

「火燒厝了！」

「起火了！」

「放村誌的庫房燒起來了！」

□

上午八點，幼溪村發生人為縱火。

失火的是存放大量村莊歷史物品的庫房與活動中心，因時間尚早，並沒有造成人員傷亡，但部分物品、易燃的文書資料大多付之一炬。

現場瀰漫汽油的味道，很快就找到拋棄在附近的汽油桶。

九點半，接獲報案的員警帶走劉家主事者劉志明與相關的劉家五人。

十點，警方與當地人開始按照路線尋找瀑布附近深藏的洞穴，而打撈隊與民間協助者暫時在山路口等待。

然而尋找路徑的過程並不順利，熟悉瀑布與森林外圍環境的當地人怎麼找就是找不到洞穴入口……別說入口，甚至連ＡＰＰ記錄的那條路都找不到，有一小段時間簡直在鬼打牆，兜兜轉轉繞繞花了不少時間，後來一行人休息時，一名外地支援的年輕員警拿著ＡＰＰ路徑又跟著找了一次路，意外地居然找到了。

同樣的事又發生在洞穴入口、洞穴通道，甚至潭水入口處，最後換了一批外地人打頭陣，才終於順利到達目標處。

「我覺得等等打撈可能也要外地人先動手，搞不好全程。」隨後跟過來的嚴司很眞誠地如此建議。

隊伍的負責人翻了個白眼，雖然很想吐槽他哪來這麼多問題，但因爲怪事眞的太多了，包括一路走來每個地方好像都陰風陣陣外加陰暗無光，他在嘗試讓本地員警架燈光接著全場光之後，不得不讓外地支援的隊員處理事務。

下午三點，運出無頭的骸骨。

三點半，第一具遺體從深潭裡撈起。

期間大批新聞媒體聞風擁入幼溪村，原先安靜的小村莊吵鬧起來，而劉家爆發的阻攔和衝突卻在鏡頭底下被緩解不少。

應該說，他們似乎很忌憚被鏡頭拍攝，好幾起快打起的群架都在記者鏡頭下平息，不知道該不該感謝這些好事的媒體。

「看起來是葉知岷那位高中小朋友沒錯了。」

嚴司蹲在被撈起的屍體旁，和玖深說的差不多，明明是十多年前失蹤的人，卻像是近期才死亡，但屍體本身還維持著失蹤當年的年紀與模樣，完全不正常。

來打撈的員警與其他人知道屍體的背景，搭配本日連串莫名遭遇後，不免集體發毛，老員警們一路走來都插過香枝、做過簡單祭拜，只是一連幾次香枝都攔腰折斷，屢試不爽，大家就更不敢隨便亂講什麼了，整個很邪門，連吹來的風都透著一股似有若無的哀號聲。

總負責人於是決定下午五點前就先撤離，隔日再繼續。

大家正階段性地開始收拾物品並準備將三具屍體運下山——高中生之後又撈起一具小孩屍體，約莫七、八歲左右，同樣被泡得腫爛，沒有完全化掉。

本地協助者及員警都收到青山娘娘廟方給予的平安符與一些護身物，外地的則是收到周震帶來的。原先大家對於不要吃本地東西這點還有些不信邪，後來也紛紛沉默地去拿額外準備的補給品了。

「冤氣很重啊。」周震看著腐敗的水屍，原想試試驅逐上面附著的惡氣，不過周邊還有人在照相取證，他沒立刻動手。站在旁邊等待的空檔不時有人過來問他有沒有介紹的廟，他只好開始報鄰近可處理的宮廟地址，順便幫忙介紹了下軍警基層團體包套服務。

「啃食傷。」嚴司翻動那具幼小的屍體，後頸處缺了一大塊肉，擦掉濃稠惡臭的液體後，露出彷彿被野獸咬過的痕跡。這種咬食的傷痕在高中生身上也有，兩具屍體的腹部也都被吃食過，裸露的殘缺內臟皆有撕咬痕跡，腹部的傷口甚至還可辨認出是遭利爪撕開。

因爲看起來過於猙獰，幾名協助者紛紛抓著袋子衝去旁邊嘔吐，讓嚴司敬佩了兩秒他們不污染現場的精神。

而算命仙的骸骨可以採集到更多證據，遺骨傷痕累累，可窺見生前受到的嚴重毆打，致命傷果然還是頭部被砍穿。

除開藤蔓，洞穴牆上布滿一層又一層類似葉家後院那種鎮壓邪物的符文，也不知道有沒有用，總之嚴司先全數拍起來備份，打算離開再傳出去——是的，這裡不意外地沒有訊號，不管什麼訊號都沒有，拿什麼機器來都沒用，全部人加全部對外聯絡用具皆不能用，所以他們只能採用幾步便設置個人，傳話和傳物出去，最後再傳到山邊入口有訊號的地方。

整個超原始。

「很類似葉家後院那些，應該就是封邪陣無誤了。」周震就著燈光核對手邊資料，期間他注意到水潭裡一直有東西在窺視他們，不少與本地有關係的人莫名身體不適或開始發燒，越晚症狀越嚴重，一個個不得不退出去，到最後，洞穴裡能正常行動的竟然只剩下外地人。

嚴司目送屍體被送出去，還沒拆的燈光陸陸續續開始閃爍，負責人緊張催促最後收拾的幾人加快動作離開。

「你們也快點。」負責人見嚴司兩人還站在藤蔓牆前看那堆符文，「這些我們都記錄了，回去再看。」洞穴裡真的有問題，隨著時間趨晚，他幾乎可以聽見詭異祭壇另一端的黑暗處傳來竊竊私語，剛剛才有人反應聽到怪聲音後頭痛欲裂，直到流鼻血後才匆匆逃逸。

「你先出去。」周震推了推嚴司，自己則轉向水潭，清場無人的水潭周圍燈光跳動，照明燈透出血紅的色澤，一雙雙青灰色的眼睛在黑色潭水裡幽幽發光，由深處透出極爲濃烈的惡意。

無視警告，殿後的周震取出身上最後一疊符紙，散出去的黃符無火自燃，在逐漸發臭的空氣中劈里啪啦噴出火花。那些眼睛不由得向下縮了縮，取而代之的是沼澤般的水泡冒上，稠稠的水潭裡每破一顆水泡就加重腥臭的腐氣。

「裝神弄鬼。」唸出截斷生者氣味與清淨除穢的咒文，周震掃掉打撈隊伍的尾巴，不讓作祟的東西循線找上他們，並且在周遭掛上幾個法器。雖然效果大概不大，但應該足以支撐大家走出這一帶了。

回頭發現嚴司居然還在，這傢伙正津津有味地拿手機錄影，周震一巴掌往智障法醫腦袋打過去，抓著小白目用最快速度脫離瞬間燈光全熄的水潭入口。

五點，洞穴外的天空全黑，洞穴內更是連光都照不透。

總負責人和一名據說八字陽氣都很旺的小員警還在外面等他們，一接到人立刻連滾帶爬地沿著山道離開，頭也不敢回，好像後面眞的有什麼恐怖的東西追過來。

絕對要去收驚！

團體去收！

總負責人如此想著。

沿著小路往外，越離開瀑布景觀區範圍天色就越亮，逐漸變回平日該有的黃昏畫面。據說全身內外都很陽的小員警一句話都不敢講，跟著高速衝刺整路，腦袋裡全都是「如果有東西追過來了開槍有用嗎」，但最後這個疑問沒得到解答。

在山下會合後，當場有一半的人表示不幹了，衰小的警方基層不得不來，民間協助者直接去掉三分之二，多數人都不想拿自己的生命開玩笑，他們還急著要去廟裡，最好可以住個七天七夜除掉穢氣。

「消耗速度驚人啊。」嚴司靠在一旁的休旅車補充水分，看著萎靡的大隊。目前呈現一種大家都知道發生什麼事，大家都在想辦法不拿命去玩第二輪的狀態。

平凡人可以逃，公權力卻還是得繼續撈屍體，哭唧。

總負責人沒辦法，只好打電話等上級指示，還不得不硬著頭皮到處借調人員，最後負責人開始陰險地思考要不要把外面那一圈圈媒體記者騙進去衝人氣，反正他們看起來也超級無敵想要現場照片和頭條的，貢獻點陽氣當門票不爲過吧。

當然負責人沒辦法這樣講，而且現場也不能讓人亂跑。

看著大堆媒體，負責人第一次爲無法活用他們而感到可惜，並因此嘆了口氣。

不知道總負責人很想「活用」媒體單位的嚴司把影片傳給他快樂的小夥伴們。
「你真的頭很鐵，叫你出去就該出去。」周震對這人很無言，感覺不愧是找死三人組周邊的人，個個都有病。
「嗯？我跑路的速度比你快啊。」嚴司笑笑地看著剛剛跑比他慢的大師，順手揉揉捱打的後腦勺。「你跑超慢的啦，該鍛鍊了，人過中年要小心。」
「……滾！」周震現在就想把眼前這顆腦袋掄到休旅車門板上。
「不過前排觀眾總是會有收穫的，你看。」錄現場的某法醫示意大師看手機影片。
前段是威風凜凜的作法，當兩人要逃離現場、照明燈熄掉那瞬間，水潭裡面有東西跳出來……應該說一團東西，黑黑的整個很抽象，約莫半個成年人大小，呈現多邊形，長長的黑色爪子伸出，然後消失在黑暗。
「你拍到你很快樂吼？」周震還是想搥人。
「還好啦，這個跟被圍毆的同學混久了都會拍到，我那裡有歷年珍藏版。」嚴司雖然很快樂但是也沒有特別快樂，只能說是平常的快樂。
「……」可以，大師感到無言，並且無法反駁，於是他決定去找那兩具腐屍，纏繞在上面的陰氣還沒處理，直接扛回去的話，接觸的人可能都會衰。

與負責人提了這件事，負責人就讓大師去簡單處理，看守屍體的員警們一拉開屍袋就發出驚呼，兩具一大一小的腐屍五官流出黑水，面部表情變得異常猙獰。

「接觸空氣後的屍體變化。」嚴司提出科學根據。

大師將淨水撒在兩具屍體身上，然後誦唸一些經文，兩具腐屍肉眼可見地消掉不少脹氣，整個癟下來，猙獰的臉孔變得平和許多。

一群人倏地看向法醫。

「合理變化。」某法醫繼續充當世人的心靈明燈。

周震被囉嗦的旁白一搞，不知道要不要繼續淨下去了。

「快點快點，我還要接手。」嚴司不忘催促拖拖拉拉的中年人。

「……」爲什麼會有這麼囉嗦的人？

大師開始覺得人比鬼還煩了。

瀑布洞穴那邊正在大冒險時，留在幼溪村的其他人也沒有白白混時間。

庫房資料燒掉了，且非常剛好燒掉的就是黎子泓翻閱的那幾套，幾乎翻哪本就哪本被燒，沒翻完的也被燒，周邊的帶賽一起燒。

總結，損失慘重。

雖然村民們努力滅火，但燃料直接澆在書冊上，加上後續噴水等等的救火動作，本來還維持整塊的灰燼直接碎開，徹底重組無能。

不知道是不是沒打算僞裝或是過於倉促，放火的人很快就被揪出，是住附近的小混混國中生，毫無意外是收錢辦事，不知道誰給的錢，反正人家錢丟進他家，他就跑去燒了，而且因爲是未成年，憤怒的鄰里沒辦法把人揍一頓，只能先送去派出所。

這是表面上的說法，實際上他父母就是劉家的員工，當地人用腳趾甲都猜得出來這小孩是聽誰的指令。

「感覺很有問題啊。」

虞因看著黑漆漆的劉家老宅，不曉得是不是因爲瀑布祭壇那邊被掏，老宅這邊開始出現幢幢的黑影，雖然不至於入侵到宅內，但外面包圍了不少，可惜固守在劉家周邊的劉家人看不到，一如往常地用不善的眼神盯著靠近的人，戾氣比先前更加明顯恐怖，幾乎到了想把他們活活剝下一層皮的地步。

旁邊的阿方不以爲然。

火災的事怎麼看都是劉家搞的，可惜沒有證據，村裡僅有的監視器沒拍到可疑的人事物，放火的小流氓也說不出所以然，全程各種胡言亂語。

當然，地上爬著的阿飄們也無法當證據。

被警方帶走的劉家幾人目前什麼也沒透露，警方搜索劉家平日住的透天與老宅，還沒找到確切的毒物或相關線索。

兩人觀察了劉家正在被詢問的兩處住所，發現他們相當一致，均是一問三不知、各種推託後，便打算去找黎子泓已聯繫好的村長，一回頭就看見今天都沒見到人的周彥喆，少年有點灰頭土臉地揹著小背包，還牽著一名成人。

「建華伯走快點。」周彥喆邊催促邊對虞因兩人揮手。

虞因略略挑眉，注意到老者身後跟著一抹黯淡小黑影，個頭很小，可能六、七歲的樣子，趴在老人的影子裡，帶有不懷好意的氣息，快靠近虞因兩人時，影子嗖地下消失得無影無蹤。

「你怎麼了？」阿方看著這兩天的小導遊頭上還黏了幾片灰，順手幫對方拍掉。

「先去葉阿公家。」周彥喆瞄了眼劉家的人，那端正在應付警察的詢問，倒也沒有對這裡投來視線。

周彥喆帶來的是個驚喜。

本來以爲庫房燒掉了很難再查找剩餘的村誌，但小男生咧開大大的笑容，在葉家客廳裡打開那個同樣灰灰的背包，抽出整疊裝在裡面、逃過一劫的厚厚書冊，正好是黎子泓那天沒看完的幾本。

「你們不是說很重要嗎，我想說早上去借看看能不能拿出來，天未亮就去找村長借鑰匙了，不過村長好像沒睡醒吧，直接忘記借我鑰匙的事情。」少年拿出庫房的鑰匙，有點憂愁，因爲大火之後村長彷彿失憶，竟然以爲鑰匙不見了，害他不曉得要怎麼告訴對方；還有他借鑰匙當時也覺得村長怪怪的，畢竟庫房的老書冊基本上不能外借，然而他提到時，對方居然面無表情地點頭，沒有反對意見。「我看這幾本還在桌上，便把黎大哥沒看完的跟後面年代的都拿出來了。」

黎子泓遇襲後，庫房的書都還沒歸位，當時借閱的仍擺在桌面，呈翻讀中的狀態，周彥喆就按照進度將後面年代的記錄書冊塞進背包，翻找相關資料還讓他花了點時間待在庫房。

天亮後他找齊文書，重新鎖好門離開，沒走多遠就聞到某種東西燒起來的氣味，回頭看見鬼鬼祟祟的逃逸屁孩與燒起來的檔案庫，他立即喊聲失火、返回幫忙救火，後續花了點時間告知大人逃逸縱火嫌犯的事，當時因爲看見好幾個劉家人在周邊徘徊，他下意識便沒說自己拿走了庫房書籍，打算私下再找村長。

現在一身髒兮兮全是幫忙救火弄出來的。

「好危險啊，如果遇到劉家人圍你怎麼辦。」虞因有點擔心小朋友的安危。

「安啦，我很會打架。」周彥喆端著水盆幫自己擦手臉，笑嘻嘻地說：「之前有外地奧客喝酒鬧事我就把他們打趴了。」當導遊賺零用錢也是不簡單的，偶爾會遇到怪人。

「少年人會打架很得意嗎。」王建華拍了一下小屁孩的腦袋。

「建華伯不要打我頭。」周彥喆蓋著濕漉漉的毛巾連忙躲到旁邊去，同時驚奇地發現拿走書冊的聿和東風兩人正以詭異的速度翻看那些老舊的文本。「對了建華伯，你要跟他們說什麼啊？」

他是在路上遇到王建華，老人和平日賣燒烤時的爽朗不同，面帶愁容，聽到他要來葉家時，好像做了什麼決定吧，喃喃自語說了幾句是天意，就跟過來了。

王建華看了眼坐在旁邊剝四季豆的葉輝安，莫名感覺這長輩一臉在聽八卦的模樣，明明事關他家吃人井啊喂！

「輝安叔或阿岷應該有告訴過你們，當年我也是在井邊玩的小孩吧。」王建華思及這兩天睡不好時夢見的那些光怪陸離，感嘆了聲：「劉萬福……劉萬福其實是……被推下去的。」

只要開了口，後面的事情便自然說了出來。

「彼年劉萬福是我們村裡最惡霸的小孩……」

其實從劉萬福的名字就可以看得出這小孩多受寵，當年劉家請供養的風水師替小孫子取了諧音名，叫「留萬福」，留有萬福之意。

不變的定律，這麼受寵的小孩生在富有又具一定勢力的家庭，自然成了村中最不能得罪且天天橫著走的存在。

於是小孩們不敢得罪這個劉萬福，也在大人說要盡量讓著對方的狀況下，以他為中心拱著他玩。小霸王自此更加囂張，不過三、四歲就敢拿石頭砸人家的花盆門窗，五、六歲時更不得了，偷雞偷鴨什麼都幹，帶著一批小孩胡作非爲，搞得村內大人頭痛得不得了，大家私下都說這是個天生壞種，很多長年被欺壓的小孩更加討厭他。

這股情緒，以常被劉萬福當作小弟喝斥的一批人最濃烈，尤其是葉家的小輩和家境清貧的王建華等人，簡直遭到對方當作自家下人一般對待。但這些常接觸劉家小孫子的孩子們不知道是幼童本身的敏銳或怎樣，大家都覺得劉萬福有種說不出來的邪性，所以幾個人雖然討厭他，卻莫名難以生出反抗之心。

因爲大家都害怕劉萬福。

然後那一天，劉萬福跳到井上在那裡學風水師吆喝其他小孩跪拜他的時候，小孩們裡終於有人爆發了，有了一個就會有後續第兩個、第三個……一群小孩起了強烈的衝突，劉萬福不甘示弱直接動手，推搡之間，他不知道被誰推了一把，沒站穩直接從井口翻下去，當場所有小孩都嚇呆了。

不可以被大人知道。

這是他們唯一的想法。

小孩們一哄而散，有的哭叫去找大人，說劉萬福不小心自己摔到井裡了。

「當時我還在那邊。」

王建華回憶道，雖然已經過去很久，但一思及那日的事情，依然陣陣毛骨悚然。「劉萬福掉到井裡時其實還活著，我聽見他叫罵的聲音，他說等他上來要全部的人都死得很難看，而且那個聲音一直在接近。」

當時井還沒完全挖好，也還未通水，一般小孩從那麼高的地方摔下去不太可能精神還那麼好，更別說當年右井在劉家的指揮下，不知道爲什麼挖得比正常的井要更深。

還很幼小的王建華戰戰兢兢地靠到井邊向下窺看，看見日後讓他這輩子經常作噩夢的畫面——劉萬福四肢扭曲，嘴裡罵著無比難聽的詛咒，用形狀怪異的手腳攀著井牆往上爬，那雙眼睛整個全都是黑色的，沒有眼白。

王建華發出尖叫，腿軟得只能用爬的爬出好一段距離。

不知道是幸運或不幸，當時小小的他正好爬進一處堆放建材的死角，並且目睹接下來的事情。

深井內的劉萬福眞的爬到井口了，他的手指頭按在井口邊，露出發黑的腦袋，嘴裡還罵罵咧咧的，面目猙獰扭曲，活像從地獄爬出來的惡鬼。

此時從暗處走出個人，是劉家的長子、劉萬福的父親，二十多歲的年輕人冷冰冰地看著半個身體已爬出來的劉萬福，突然一刀直接插進小孩胸膛，把僵住的劉萬福重新推進深井。

「此後，你將爲劉家留下萬福。」

年輕人這麼說，背著手轉身離開。

所有發生的一切不到一分鐘。

隨後外面傳來騷動，被小孩叫來的大人們開始準備下井看看劉萬福還有沒有救。

當時下井的是村裡很矯健的青年，叫王阿七。

「也就是我父親。」王建華苦笑。

他來不及告訴父親那些事情，父親就已迅速下井，等待了一段時間，父親上來後，卻告訴大家底下沒有小孩、沒有屍體，沒有任何東西。

劉萬福平空蒸發了。

一起玩耍的小孩都不敢說話，那天的事彷如噩夢，大家決定從此忘記它，包括王建華。

多年後，偶然的狀況下王阿七喝得爛醉、開始天南地北胡說時，告訴他的兒子，當年他下井確實沒有找到劉萬福，但井底也不是什麼都沒有。

他看見一團黑色的物體沾黏在深井井底，那東西很像是拿泥巴直接砸到牆壁，啪地一下，整坨黏貼在那邊，露出幾根詭異的小骨頭及一顆正在轉動的眼球，一被注視，這團東西猛地從他腳邊跑開，消失在黑暗角落。

王阿七以為看見水鬼之類的東西，連忙跑上來，告訴大家下方什麼也沒有，後來有別的村民壯著膽下去，確實也沒有找到小孩，之後他連續去青山娘娘那裡求保佑很多天，幸好並沒有再撞見怪東西，他逐漸認為應該是自己眼花錯覺了。

王建華當時不敢告訴他爸——他覺得那團東西就是劉萬福。

多年後，王建華也差不多自我催眠成功，那些也都是一場夢罷了。

直到，深井吃了人。

「阿岷同學不見後沒再發生事情，我原本也心存僥倖，覺得只是個案。」

王建華長吁短嘆，搖著頭。

「你當年沒說，怎麼現在又告訴我們這些外地人。」一太似笑非笑地問道。

「……這兩天你們來之後，我突然又開始夢到劉萬福從井底爬上來的模樣，一分不差。」王建華很無奈地指指自己沒睡好造成的黑眼圈，「冥冥之中好像有人叫我要告訴你們，我去青山娘娘那邊擲筊，青山娘娘也指示眞相該公諸於世。」

「當年那個劉家長子就是劉志明。」葉爺爺坐在後頭補充。他們是同一輩人，當時他跟著父親處理右井事務，同樣地，劉志明也跟著他父親監督右井。

「所以，劉萬福的事不是意外，是人爲製造。」玖深感到毛骨悚然，無法想像爲什麼父親可以把自己的兒子殺死送到井底？劉家最初知道劉萬福的生辰八字後就這麼打算嗎？所以連小孩都不教了，任由他在村裡作威作福，直到不顧親情送進深井那日。

大家庭和諧快樂的玖深眞的很難理解，那究竟是什麼扭曲心態。

「找到了。」

一行人沉默之際，聿突然開口，將手邊的古書拿到中間。「百年前，瀑布山神。」古書上的記載使用的不是現代文字，而是古語，記錄的人顯然文學造詣不低，毛筆字寫得非常漂亮。

靠在旁邊的東風指著文字幫大家翻譯：「幼溪村還未建村之前，因山產豐盛，來往山民極多，也有原住民翻山過來進行交易。當時本地居民與原住民交易時，無意間得知山裡有一種『矮小的黑色山靈』，人們可以準備祭品向黑靈許願，據說只要山神滿意了就會實現願望，有些行腳的原住民會在路過時祭拜，祈禱自己一路順利，或收獲更多山產獵物，不知何時傳開的，本地居民開始在瀑布一帶也祭拜起黑色山靈，也逐漸從山裡的靈被傳爲山神。」

那個年代的信仰有些很隨便，有的人在田裡發現似人的石塊也可以祭拜，並在獲得豐收結果時認爲祈求是可以被實現的，於是開始傳承香火。

瀑布山神也是類似這樣被傳出來的，有人捏了黑色的泥塑在瀑布山道入口，路過的人不時隨手拜祭、插上香火，祈禱平安健康，風調雨順，土地豐收。

「黑山神最著名的事蹟是有一年，本地居民孩子落水無呼吸，大人抱著孩子求到黑山神前，沒想到小孩眞的被『求活』，自此開始幾乎本地居民都祭拜過黑山神。」東風說到這邊，嘖了聲：「然後這個黑山神經此事後，開始索求更多香火祭品了，相對地，祈禱獲得實現的人也越來越多。」

接著幼溪村建村。

村民們正想幫黑山神建廟遷進村時，來了一位女風水師。

「女風水師攜白貓，腰間掛著銅鈴，由不可能翻越的高山走來，指點村莊，並劈開黑山神的泥塑，發現泥塑底下的地裡埋有多具周遭村莊失蹤孩童的屍骨，女風水師判斷黑山神只是山中邪靈，驅逐並重創擊退該物。村民大怒，把泥塑像丟進瀑布底，此後再也無人提黑山神，相關記錄從此遭刻意抹去。」

女風水師離開後，白貓並未離開。

後來就發生了白貓在火海救下小孩的事，白貓死後被尊稱爲青山娘娘，得到村民供奉。

「不得不說，你們幼溪村頭很鐵啊，剛驅逐一個黑山神，後面就拜起青山娘娘。」虞因深深感覺這村裡的人很神奇，而且信仰値還夠夠的，看青山娘娘至今屹立不搖就知道，百年前黑山神如果不要作祟，可能到今天依舊香火鼎盛。

「我們村很忠誠念舊的。」周彥喆點頭，青山娘娘的事蹟大家記到今天，而且村裡超多小孩都認過青山娘娘當乾媽，可說是大家共有的貓神乾媽。

「所以那個提示……『凡曾得到應許者，與之交牽因果，而牽起因果線者，將永生永世無法傷害神明……神明將獲得容器……』就是指這件事了！」玖深恍然大悟，結合黑山神的傳說，馬上可以理解：「村裡面的人全都向黑山神祈願過，風調雨順、土地豐收什麼的，這一整塊土地都與黑山神有因果。」

「反過來說，外來者與黑山神無因果，所以外來者不受黑山神干擾。」阿方也完全懂了。「那個『無服本地水，無食本地植……』全部都是在講不要碰本地的事物。」

「外地人，全村的希望。」虞因直接總結。

女風水師和算命仙都用過村裡的東西，包括青山娘娘也是，所以他們到最後都只能鎭壓井底的東西，並且受到一部分干擾。

一般人初來乍到絕對不會想到千萬不能碰本地物品這件事，每個人剛到一地肯定都會想先吃吃喝喝、安頓休息。

「幸好台電和電信基地台看起來不算黑山神範圍。」用過電燈電器和網路的虞因默默感嘆。

「看樣子應該是要吃進去、許願，或有某種條件用上才算。」一太思索片刻，說：「我猜是要可以『侵入身體或精神』。」

「可能看當年願望吧，說不定當年就是許願土地永遠豐收，所以這塊地出來的全都有因果糾纏。」東風冷笑了下。「當年怎沒人許願呼吸順暢。」否則現在進村呼吸就會中槍了。

「以爲新手村很安全，結果新手村本身就有毒。」阿方想著他們第一天吃了各種東西，不禁感嘆。

「好的，先不管這些了。」莫名成了全村希望之一的虞因做個暫時跳過的手勢，「總結起來，百年前有個黑山神……黑靈，被路過的風水師看破手腳劈了，原本應該整個被驅逐或掛掉，結果劉家將這東西供奉進瀑布裡，可能用了不知什麼辦法餵養邪靈。接著六十年前，騙葉家挖井，把劉萬福弄死在井底作爲容器，順便把人家的好風水破壞成暗黑養殖風水……

所以那個邪靈是不是本體眞的被風水師劈了？本體不能用，才需要劉萬福的身體？」

看樣子，恐怕那位女風水師非常厲害，眞的把黑山神打得不能自理。

「一甲子……？」

「怎麼了？」虞因聽見一旁還在翻閱書籍的聿，詢問。

「六十年，一甲子。」聿快速打開平板，比對先前祭井的年份、次數，與劉萬福落井後的各個時間節點。「有規律，他們說封印快破了。」

快速計算所有年代與次數後，聿抬起頭，很肯定地說：「四十八次，還有最後一次，兩日後，一甲子，四十九次祭井。」

「黑靈就會重新回來。」

□

水潭撈出的小屍體身分很快也查出來了。

主要是靠東風第一時間產出的模擬肖像圖，拿給村長與幾位村中長輩後立刻被認出來，是十五年前村裡走丟的小孩，當時有人看見小孩子下課搭了陌生人的車，但遲遲沒收到勒贖電話，搜索周遭所有相熟的人、甚至整個村子，都沒有發現異狀，最後被警方判定為外地來的隨機犯案。

死者家屬匆匆被安排去認屍了。

得知整個黑靈事件的村長一臉想吐的模樣，滄桑地坐在三合院前埕，周邊環繞一圈貓，本來年紀就滿大了，現在被精神攻擊後整體顯得更老。

村長看了看從小看到大的王建華，感受到村裡這些人沒事就喜歡給他搞事，劉葉兩家的紛爭他從年輕處理到年老，臨老可能隨時要升天了，才迸出個王建華家的隱情，喔對，還有個被燒掉的庫房，本來在整理村誌的那些人今天一整天都在崩潰，他也被他們嚎到快崩潰了，不得不先把自家兒子和孫子甩給村誌負責人，自己則是來葉家。

現在他突然覺得自己應該去處理庫房燒掉的事，然後把兒子和孫子甩來葉家。要知道那座水潭徹底挖出後，恐怕會有一大堆的屍體和失蹤人口，這種難得的機會該讓給年輕人去磨練才對。

往好處想，他老杯死前還在惦記劉葉家的紛爭，現在他生前搞不好就可以處理掉、敬告前人了。

村長深深吸口氣，眼神複雜地看著被包圍在中心的周震。

「如果事態眞是這樣，大師有何方法破解，我們絕對配合。」先不管那些有的沒有的，村長聽見迫在眉睫的一甲子後出邪祟，不得不先考慮起眞實發生的嚴重性。

「明天一早會有算命仙的門人過來，屆時他們會帶法器來破井煞，若一切順利，後續只要把這口井塡掉封起就好。」周震這邊得到確切的時間點後稍微鬆口氣。應該說他其實有點意外，算命仙被證實師承何處後，人家那邊記錄往前一翻，好喔，連風水師都是出自他們道觀，這下直接送專人過來，他們可以秒把燙手山芋甩出去了。「這段期間，不要讓他們被妨礙到。」

村長懂了，他的工作是防堵劉家搞事，可以，這操作他很熟。

「大師你的東西到了。」阿方拖著兩個大大的箱子走進來，整座庭院的人和貓同時轉過來看他，瞬間被幾十雙眼睛注視，他頓了下，繼續拉著借來的拖板車進三合院。

周震發現事態不對便立刻請人連夜打包他家裡的一些法器，一早直接包車雇人速運至幼溪村，阿方剛就是出去把東西搬進來。

虞因等人立即包圍過去，就連王建華和村長都沒按捺住好奇心，跟著去看人家「開箱」。

「……」周震莫名感覺好像變成某種表演，開始拆箱子後青筋就出來了，幫他打包的某和尚不知道怎麼找的，把他的多年珍藏從保險櫃裡掏出來，看見的瞬間他很想吐血。

「這個好漂亮。」靠在大收納箱旁的玖深一眼就看到裝在壓克力盒裡的半透白色吊飾，是個弦月的模樣，一面刻有細小的經文，一面光華水潤。

周震望天，這是他幾年前從眞正的老法師那邊求來的，當時對方告訴他留不久，必定會因天命註定消耗掉，還問他眞的要花大錢當盤子嗎……回憶著當時老法師欣慰又憐憫的眼神，心中一邊流血，一邊從盒子裡掏出來放到一邊。

雖然兩個箱子看起來很大，但其實東西並不多，佔位置的是物品各自的收納盒，完全拆開後，較大型的約三、四件，其餘全都用符紙與佛珠、飾品等物塡充了。

「好東西啊。」村長識木，眼睛發光地盯著整盒的木製佛珠。

「這個明天拿給打撈的用。」周震算了算，應該足夠給留下的警方都發一份。

「爲什麼需要這麼多？」虞因去過周震的家，發現貴重物似乎搬了大半過來，大型的那幾件都是平常被供奉在上的神佛像，雖然隔著玻璃罩，卻可以感受到淡淡清香的味道。

「……你很快就知道了。」周震默默看向外頭，雖已入夜，但不見星也不見月，雲層厚重到像是鋪上一層又一層幾乎下壓到地面的黑布；滿庭院的貓沒有各自離去休息，反而比早上多了一倍數量，不知道什麼時候混進來的白貓端坐在圍牆上，相對地，另一邊圍牆則坐著黑貓，黑夜裡發亮的貓瞳高高俯瞰著地面一切。

天不見地之相，萬惡甦醒之時。

王建華搓搓手臂，起了一身疙瘩。「怎麼變冷了？」

包括老村長與葉輝安爺爺在內，三名老者皆感受到溫度驟降，臉色一下白了不少。

「外面好像有人。」因爲葉知岷在醫院幫忙照顧人，所以周彥喆留在三合院，他瞇起眼睛，看見三合院外人影晃動；若隱若現的臉是幾個劉家同輩人，平常大家在學校互看不順眼，現在這幾個青少年就在大門外踮著腳尖，以怪異的姿勢走動，死白的臉上面無表情。

「啊，開始了。」周震看了眼時間，指揮虞因、聿和阿方把幾座神像請到適合的位置上，然後發了一份佛牌與佛珠給一太、玖深與三名老人，最後再給沒受傷的人各自分了護身符。「別亂跑，渡了今晚才有明天。」

一甲子的囚禁將至，在具備外地人到來條件的同時，已經可以稍微行動的邪物不可能乖乖窩在原地等死，首當其衝就是被庇護的劉家人，比起幼溪村的因果，劉家人吸附在所謂「山神」身上更久更深，現在根本無法反抗地只能被當傀儡驅使。

劉家人越來越多，滿庭院的貓開始發出恫嚇的嚎叫，聲音響亮，彷彿拉開未知的序幕。

敏銳感受到外頭的異樣，今晚的幼溪村又是家家戶戶急速關緊門窗，街道沒有村民跑出來亂走。

「……痛！」縮在佛像邊的玖深突然彈了下，左手背灼熱發燙，剝開綳帶一看，傷痕斑斑的手背上出現了「◎」的黑色圖印，手腕上的佛珠啪地下整條斷裂，金絲楠的珠子掉了一地，好幾顆都變成焦黑的顏色。

嘻嘻嘻……

大門口前不知何時站了一個黑色的小孩。

周震點燃香枝，插在大廳的正中央，只來得及對其他人囑咐——

「不論看到什麼，都不要走出客廳範圍！」

□

嗚……

三合院不知何時陷入一片沉黑。

玖深渾渾噩噩恢復意識時，發現周遭極爲安靜，原先吵鬧的客廳裡什麼聲音都沒有，沒有光、也沒有其他人呼息或桌椅移動的聲音。

嗚嗚……

我好痛……

屋外幾乎變成平面的濃重黑幕傳來細細的哭泣聲、水聲，還有某種物品漂過水面輕輕撞到物體的聲響。

沒有貓，也沒有其他人。

玖深摀著疼痛的腦袋與酸澀刺痛的眼睛，視線戰戰兢兢地從指縫對向聲音來源處。

右前方約莫六十多公分的位置出現了三個橘紅色的微小亮點，亮點旁又亮起一抹幽藍色的火焰，火焰映亮了三炷香與紅色的燭身。

香他認識，與大師最後點的那三炷一樣。

但蠟燭沒見過，不在周震帶來的行李，也不在屋子可見處。

大哥哥，我好痛……

啪嗒一聲，一隻黑色小手拍在門框旁邊，污濁的液體在周圍濺出一圈痕跡，金屬製的框條像是被腐蝕般出現部分下凹崩裂。

「……」玖深腦子空白了幾秒，身體反射性倏地往後退，無聲地驚嚇了好一會兒才把靈魂和碎裂的理智撿回來：「……不不你不是她……我知道你不是她……」

這並不是他心裡害怕的最初案件。

僅僅只是被察覺的恐懼遭到複製，並且拼湊挪用。

對於死者的汙衊，以及不敬。

「……你絕對不是什麼山神……也不是好的存在……」

隨著玖深顫抖地否認，那隻黑手緩慢往回縮，並發出了奇怪的吱吱聲。

來不及鬆口氣，半張模糊的臉由黑暗探出，紅色的眼珠、灰黃色的眼白在髒污的皮膚上異常突出，彷彿兩顆掛著的果實，過熟之後隨時會掉到地面。

那又如何……

我只是好痛啊……

爲什麼是我……

明明你也……可以啊……

你代替……

就好了……

我要回來……

我要……

香枝攔腰折斷一枝，呈現倒L的模樣。

我要……

殺光他們……

害我的……都去死……

每個人都該去死……

好痛啊……

你來代替我……

……

玖深搗著腦袋，整個蜷成一團抖到不行，他可以感覺到三合院在震動，詭異的震度從後院某個方向傳來，加上大量窸窣的爬行聲。

「……劉……劉萬福……是你對不對……」

名字被喊出來的同時，外面的臉突然一頓。

「你你……我不知道該講什麼……雖然你……有權報復……可是你不可以……傷害無辜的人……」用力吸口氣，玖深雙手劇痛到快麻木了，浸潤繃帶的鮮血逐漸往外滴，在幽藍色的燭光下顯出詭異的色澤。「……讓其他人幫助你……有人可以幫你……可以曝光當年的凶手和眞相……可以有大師來超渡你……我們也可以幫你……」

我不要……

小孩不知道什麼時候站在大廳門口，渾身被黑漿包覆，只有那雙眼睛發出異常的紅光。

接著小小頭顱喀的聲右扭，桌面的香枝又再折斷一枝。

我只想要全部人都去死……

你不出來……

就是他們先死……

一個一個……

直到你出來……

否則全都是……

被你害死……

三合院前庭閃動青紫色的暗光，原先整片平坦的水泥地面已徹底漿化，出現如同洞穴水潭那種混濁又濃稠的液體。

玖深猛地瞳孔一縮，藉由明滅不定的光源看見一太仰躺在那裡，大男生緊閉著雙眼毫無反應，黑水不斷爬出巴掌大的各種毒蟲攀附到他的身上，竟然有種要把他活生生拖進地底下的感覺。

不，不太對。

它爲什麼不進來？

它爲什麼要求自己出去？

「……你進不來。」

所以必須把他騙出去。

對了，屋裡有神像，還有青山娘娘和算命仙的庇護，即使眞有什麼東西快從井底出來了，但也不到它眞正可以出來的時候。

它還未能進到被保護的屋內。

那麼只能屋裡的人主動走出去，因此一切都只是想把他誘騙出去，削弱他精神與抵抗的幻象，例如他未曾遺忘的最初案件，例如現在眼前即將發生的所有。

桌面僅剩的香枝在震動，卻遲遲沒有遭到折斷。

「——我不能害怕你。」

雖然他怕到不行。

□

好痛啊……

虞因睜開眼睛時，周邊依然是三合院的客廳。

然而這個客廳與先前燈火通明的樣子不同，呈現久無人居、幾近斑剝崩裂的失修狀態。別說家具全都腐朽，發黑的牆面甚至纏繞一條條乾枯的藤蔓，門板玻璃完全消失，連天花板都不見了，屋頂破了大半，看出去是整片黑壓壓的天空。

桌案上放置三枝香。

整座三合院籠罩在幽暗的灰橘色弱光中，廳外隨處是幢幢黑影與聽不清楚內容的細語。

遠處傳來銅鈴聲。

窈窕的身影劃過，穿著布衣的女性站在院外，標緻秀麗的眉眼覆蓋上深沉死氣，渾身好似披了層烏黑血氣。

「……風水師？」虞因當下第一反應就是想到那位女風水師。

目光無意識往下，赫然看見女性的腳邊站著黑色的小孩，約莫七、八歲的高度，身上不斷滴落黑色液體。

女性緩緩抬起手，朝他招了招。

「跟祢走？」

女性點點頭。

虞因反射性就要邁開腳步，這時手腕突然一燙，抬起一看，是綁在上面的護身符發黑碎開，好像被燒過般瞬間化灰。

周圍隨風傳來詭異的燒灼味，有點像在燒什麼植物，草木被火洗禮的同時混合著奇異的甘甜味，很快便濃郁了起來。

一聞到這個味道，虞因腦門微微痛，突然有種不太清醒的混沌感襲來，大約維持兩秒，他倏地驚醒，赫然發現腳步已靠近客廳門邊。

女性再次招手。

猛然恢復理智後，虞因雖然腦子還有點沉甸甸，不過沒再像剛剛失智，快速往後倒退好幾步，肉眼可見那名「女性」和「小孩」臉色越來越陰森，一點都不像平常遇上的想帶他去看什麼或找線索的，反而感受到濃濃的惡意與殺意。

他發覺對方傳遞來的影響好像並不重。

「……不受牽引……」

是因為沒碰本地物品的關係？

詭異的甜味越來越濃，幾乎整個客廳裡都是。

虞因總覺得這味道和其帶來的混沌感有點熟悉，似乎以前也在哪裡接觸過……

「——！」

重新抬眼，外頭的黑影全部停下，面向客廳方位。

「只是幻覺，對吧。」

憑靠著記憶，他轉身朝放置其中一尊神像的地方摸索過去，毫無一物的空間裡居然被他摸到溫潤清涼的玉石手感。

「我並不在這裡，而是在其他人身邊。」

再度睜開眼睛，客廳重新恢復燈光明亮。

虞因看見自己的右手正放在神像抬起的手上，玉觀音面目慈祥，透出淡淡的笑意。

在心裡快速感謝過，回過頭他果然看見客廳裡的其他人。

聿就在他身邊，可能一直在看顧他，貼得很近，很有一種他如果跑出去馬上就會被拖回來的備戰狀態。

「有毒氣。」聿臉上戴著口罩，手上也拿了個正要拽著虞因加配件。

虞因接過口罩，看見同樣仍意識清楚的有周震和一太，兩人正在幫其餘人戴口罩。

桌上的香折斷兩枝，還有一枝堅強地燃燒著，已快要燒到底部了，可見他們剛剛失去意識的時間不長。

屋外的貓叫聲很淒厲，三合院除了客廳以外，不管是客房或庭院裡的燈都在跳閃，有些老舊的燈泡根本直接發出怪聲爆了，劉家那些人更是活像喪屍般一直在撞圍牆，劇烈的砰砰聲四處都有，連後院也有重物敲擊的動靜。

最恐怖的是，空氣裡除了毒煙以外，現在出現了汽油味。

「幸好你們幾個醒得夠快。」周震抹把汗，邊撥電話報警邊抓住夢遊想往外走的周彥喆領子，把他塞進旁邊櫃子裡。

「毒配幻象？」虞因摀著口鼻，空氣中的甜味不是假的，只能說外面正在燒的東西絕對有致幻效果，這是活人動的手腳。

他們產生幻覺很可能只有短短一瞬，但吸入的致幻毒素延長了這種效果。

「應該是，這裡有好幾個外來仔不受控制，所以給我們搭配套餐。」周震看見旁邊的東風也掙扎回神，接著是阿方、村長與葉輝安，老人甩甩頭，低聲說了句好像看見算命仙「剛剛臨時請神庇蔭，照理你們進入幻象不會太深。」

很快地，周彥喆也恢復意識自己從櫃子裡面走出來。

但也不是人人都完好無事。

聿和東風分頭替大家檢查狀況時，王建華突然發出淒厲的號叫聲，本來就坐在門邊，在所有人沒反應過來之際，猛地就跳起來衝出客廳，一邊喊著「我不是故意把你推下去」，一邊直撲大門外那群劉家喪屍。

號叫聲淹沒在踮腳的人群裡。

四座神像裂了兩座，一群人身上的護身符或佛珠、佛牌也出現程度不同的損傷。

「玖深哥你還好嗎？」一太發現玖深不知道什麼時候清醒過來，但整個人反應很不對，好像看見極為可怕的事物，渾身冰冷、不斷發抖，臉色蒼白到恐怖，雙手的血不斷湧出。

最後一枝香燃盡，吐出僅存的餘煙。

周震拔去發黑的香，重新插上三枝，此時底下香爐的香灰也被染得半黑，滲出拇指大的黑色液體。

「玖深哥？」虞因抓住青年的手臂……手掌全是血沒辦法碰，靠近時才發現他掛著的佛牌整塊變成很不祥的血紅，並且裂成兩半。

「對……對不起……」玖深僵硬地轉動頭，眼淚直接從失神的眼裡掉出來，表情一度變得極度恐慌。「對不起……對不起……」

他還有一半深陷在最恐怖的血色幻境裡。

你不出來……

就是別人替你死……

邪惡的耳語未散。

「對不起……」

他真的回來了嗎？

還是這裡又是另一個誘騙他的幻境？

「對不起……」

在看見他所有認識的人被一一殺害之後，再度被捏造出來所有人還活著的幻境？

他努力不去害怕。

他以爲這樣就可以了。

眞的以爲這樣就可以了。

然後就看見一輩子都忘不掉的畫面。

「對不起……」

「都是我的錯。」

10

這天晚上發生很多事。

幼溪村的村民們只聽見一整晚恐怖的巨響，大家都謹記著老一輩說過，夜晚貓叫聲群起的時候，千萬不可踏出屋門，門窗須緊閉，不管是誰敲門都不可打開，因此沒人敢出去探查發生什麼事。

黎明將至。

第一道陽光切破厚重雲層灑落之際，終於有人壯著膽偷偷摸向葉家三合院，接著驚見三合院大門前橫躺一堆渾身是血的劉家人，其中還有手腳被啃咬折斷的王建華，傷勢嚴重，那名村民嚇得連忙撥打電話叫救護車。

很快地，其他走出屋外的人發現葉家三合院四周圍牆被破壞大半，有的被敲出洞，有的直接砸塌，甚至還有一面牆出現被燒過的痕跡，唯有環繞吃人井的牆仍屹立不搖。

這時，好不容易脫離找不到路情況的警車姍姍來遲。

註定是個無法平靜的早晨。

劉家究竟有沒有餵養詭異的「神」先不管，來不及撤走的有毒物質及破壞葉家的眾人當場被捉個正著，後續經過檢驗，發現那些物質與黎子泓身上毒物化驗得到的結果高度相似。只是黎子泓當時被餵進的是更加精煉的毒品，而燃燒的植物粉是比較粗糙的原料混合其他植物製成。

上午，傳聞中算命仙的「同門」到來，帶頭的兩名中年男女穿著尋常，卻又有種冷肅高人的感覺，已經先得到不可使用本地物品的訊息，所以他們一共來了四輛休旅車，自備各式各樣可能用到的物件，帳篷食物飲水一應俱全，甚至連行動電源都充了好幾顆，後頭有個年紀較小的青年甚至還拖了部發電機下來，大有直接在葉家提供的空地紮營安寨的氣勢……只能說準備眞的很充分。

幼溪村因爲來了一整團「大師」，突然變得非常熱鬧，大家沒事就去圍觀一下，還有人去求平安符。

時間有限、事態緊急，大師們沒有任何寒暄，大手一揮，直接拉出布符把右井連同整個三合院包圍起來，禁止其他人隨意出入。

葉爺爺與返家的葉知岷被請去其他地方暫住，因此大家又撤回一開始租的民宿，不過這次是整棟包起來，畢竟虞因他們來的人也不少。民宿老闆手腳很快，那間鬧鬼的房間已整理好，奇怪的天花板黑印全都抹掉，只殘留一點淡淡的裝修氣味。

周震則是被大師團拎走了，他們還有個瀑布洞穴要處理。

據說後頭瀑布洞穴那邊又發生了很怪異的事，葬送掉周大師那件好看的掛飾，周震整個欲哭無淚。

「你們做得不錯啊，還好替身沒被抓走，不然可能會早兩天被那東西跑出來。」抬出發電機、後來跑一趟民宿借周震剩餘神像的青年很喜歡聊八卦，偷偷告訴年齡相近的幾人：「邪祟貪食恐懼，當時越害怕的話，會提供越多力量，我家長輩說再給它一個充滿新鮮血氣的『身體』，它馬上就可以破井了，根本等不到我們來。」

跟在青年腳邊的暹羅貓咧嘴喵了聲，不知道是贊成還是在碎碎唸青年又在多嘴。

之後大師們從井底挖出了很多黑色的東西，像是乾硬的植物根莖，卻又結合上許多怪異的骨片，既粗又長，最窄都有一個成年人大小，末端很像扭曲變形的細長爪子。

不知道大師們是用什麼處理的，這些「爪子」被拖到太陽底下曝曬時都呈現一種「死去」的狀態，整個三合院前埕全都被這些「爪子」層疊鋪滿，烈日一曬，外層不斷啪啪啪地剝裂掉皮，還散發濃重的腐臭味，周邊鄰居受不了，門窗緊閉後紛紛逃去寄住其他地方。

據說這股味道維持了七天七夜，直到大師們一把火將曬得差不多的「爪子」燒成黑灰，掃起來集中到帶來的罈子裡、施符蓋住爲止。

最後井底起出一具小孩發黑的枯骨。

右井在半個月後終於被推倒填起，結束了葉家與劉家久遠以來的糾纏。

另一端，瀑布水潭撈出更多的腐屍及各種大大小小屍塊。

有男有女，有老有少，但數量最多的還是年輕女人與小孩，不知道是什麼原因，又或者單純只是「山神」的口味偏好，總之不管怎樣，都令人極度不適。

幼溪村沒有這麼多失蹤人口，於是倒楣的員警們只能往外查找，但時間跨幅太大，至少幾十年起跳，尋找起來難度倍增，簡直像開了一個高難度任務，大家每天都累到哀爸叫母。

接著在祭壇下方挖出一具殘缺的女性屍骨。

根據周邊留下的銅鈴、玉片等物，懷疑很可能就是百年前那位女風水師。

但這些都是後話了。

□

「玖深哥去隔壁村了？」

虞因詫異地看著正在整理車輛的聿。

大師們開始處理右井的第二日，黎子泓和一太因須要後續治療，兩人與阿方、東風當晚先行離開本地，而嚴司和周震留下來協助警方。

虞因在這裡其實已經幫不上忙了，加上擔心體質可能會造成其他影響，在周震安排下，也準備帶上精神狀態不是很好的玖深返家。

葉知岷趁他們還沒走，趕緊送來一盒青山娘娘的護身符。他原本一併想送些謝禮，不過思及本地物的各種問題，土產顯然不是好選擇，於是改爲通知好友，等返回中部後再帶禮物正式向相關人們道謝。

「可能是因爲食本地物、被那東西影響，這原本應該是青山娘娘要在一切事件解決後才贈給各位作爲酬勞，變成提早給了大家。」葉知岷帶來神婆的歉意，右井的東西被鎮壓後，神婆接到了青山娘娘正確的指示，大家才意識到問題。「錯誤的時間點造成有人也被干擾，幸好後來幾位都沒什麼影響。」

無希求萬象，無債欠因果。

如同提示的話語，若一進村就拿到用此地材料製作的護身符，他們也變相是在這片地上冀求平安。

「新手村處處都是陷阱。」虞因接下盒子，不禁感嘆。

他放好盒子後到處沒看見玖深，一問才發現這兩天把自己關在屋裡的玖深一大早就跑路了。

「周彥喆叫車的。」聿大清早有看見周彥喆幫忙叫車，原本以爲對方只是要去散心，後來司機獨自返回，還帶話說是去隔壁村看看舊地，讓大家不用擔心他，等等就會回來。

其實玖深也有後續治療問題，但他那天晚上精神有點崩潰，拒絕與黎子泓他們先走，讓人很擔憂。

他們都不知道玖深究竟看到什麼。

私訊沒有回應。

「去接人？」聿關上車門，他們的東西都收拾完了，隨時可以離開。

「好。」

從幼溪村出發到鄰村，他們並沒有找太久。

應該說，車輛一到鄰村時，虞因遠遠就看見有個小女孩在路口朝他揮手，稚氣的面孔笑吟吟的，很可愛，並為他們指了個方位。

多年前的池塘早就被填掉了，當時的髒亂環境與廢棄建築也都沒了，現在那塊地方經過當地居民與地主的整理，改建成一片乾淨的小公園，有著簡單的溜滑梯與鞦韆，逢年過節，街坊鄰居還會在這邊辦活動，使用率極高。

虞因下車，看著玖深坐在鞦韆上，重新包紮乾淨的雙手抱著黑貓，旁邊的空鞦韆則是坐著微微透光、正在舔爪子的白貓。

指路的小女孩跑過去，發出笑聲消失在溜滑梯附近。

沒有開口，虞因暗暗嘆口氣走到旁邊，一屁股坐在公園椅。

過了約莫五分鐘，玖深才好像發現有人在附近，抱著貓咪抬起頭，低低開口：「……祂在這裡嗎？」

「嗯，祂帶我們過來的。」虞因已經找不到剛剛還在玩耍的小女孩，但祂看起來似乎不算糟糕，模樣恍如生前，極爲可愛。「祂擔心你了，大家都很擔心你。」

玖深低下頭。

手掌的傷在大師們進行一輪淨化後好了很多，那枚黑印記也消失了，只留下一道很淺的疤紋。

「……我那時候想，可以幫助它，你們可以幫忙它，或者其他人可以幫助它。」玖深與黑貓的金眼睛對視，布滿鮮血的幻覺又從記憶裡滿溢出來。

他們遇上受害者時向來都是直覺要幫助他人，對需要者伸出雙手，儘可能提供援助。

然而，總有一些人生來就反社會。

一開始就提示了，被選上的小孩是天生壞種。

天性邪惡的孩子從出生就沒有同理心，他的破壞慾比常人高，他欺壓同輩小孩、做壞事，完全沒有罪惡感，甚至沾沾自喜，以此爲樂。

他不會感謝任何人，即使有人想幫助，也只會遭到背刺咬一口。

明明這份職業早就讓他看過無數可怕的例子。

但他那時候僅僅只想到他們可以幫忙。

黑貓舔了舔人類的面頰。

「……如果不是周震，那個是不是就不是幻覺……是我先跑到這裡……」

「玖深哥。」

虞因蹲到青年身前，皺眉看著面露痛苦的友人，對方不像他們心臟很大顆，甚至可說內心非常敏感且性格溫柔，因此受到傷害時會持續很久，一如他會永遠記得身為鑑識的第一件案子，而這次竟成了邪惡傷害他、消磨他意志的把柄。「大家一直都在告訴我，不管做什麼選擇，我都只是想幫忙，不是我的錯。」

所有發生的傷害，錯的都是原始加害者。

因為他們先傷害了其他人，才會有一連串無法挽回的後果。

「所以小妹妹出現在這裡，祂知道你被欺負了，祂想安慰你。」虞因看著不知何時站在旁邊的女孩，重新回到曾經造成痛苦的死亡地的亡者，露出大大微笑。「玖深哥你沒有錯，我們都沒有錯，你揭露右井的事是對的，劉家人是錯的，你只是在阻止他們繼續害人，期間產生的種種傷害都不是因為你。」

「我懂……」玖深當然很懂這個道理，事實上他以前也這樣安慰過虞因，現在彷彿被業力迴力鏢打了，深刻地體會到痛苦。「我只是很害怕……」

這與先前對不科學的驚嚇不同。

他是眞的打從心底感覺害怕。

他在屋裡看著那個小孩和黑爪將他認識的人一個個開膛破肚，血液漫流整座庭院，而他無法阻止，必須堅持停留在大廳裡，當一個無作爲的旁觀者。

太過於眞實。

太恐怖。

幾乎就像是某種未來會成眞的警告。

會不會有一天他可能因爲這些案件或者更不科學的東西，讓這個幻境成眞？或者擴大到更多人身上？例如親人？

玖深生平第一次如此眞實地感到退卻、動搖，以及好人不會有好報。

他無法想像往後會有什麼「壞種」闖進他無防備的家，撕扯他的親人朋友。

「哎呀，還眞的在這裡？」

提著花塑膠袋的男人打破小公園裡死寂的沉默，帶著大大的笑在晴朗的天空下朝兩人一貓走過來。「好久不見啊，警察先生。」

虞因站起身，有點疑惑：「你是……？」

約莫四十多歲的男人報了個女孩的名字，介紹道：「我是她爸爸。」

玖深第一個案件被害者的家屬。

半透明的小女孩蹦蹦跳跳地站到父親腳邊，戳著塑膠袋。

「好、好久不見。」玖深抱著貓咪，紅著眼睛倉促地從鞦韆起身。

「謝謝你每年我女兒生日時都託人給她送花。」男人拍拍青年的肩膀，深深地嘆道：「說來你可能不信，昨晚我夢到女兒跑來跟我說，那個很認真幫她找線索的大哥哥被欺負了，一直在哭，要我買糖果過來鞦韆這邊給你，沒想到你還真的在這裡……這小孩，這麼久沒回來看爸爸，一回來居然是要爸爸去替她安慰大哥哥。」

「我……」玖深有點慌亂，畢竟之前還被壞東西引導覺得女孩變惡鬼，結果人家根本沒變那樣，現在想想真的有點尷尬和糗。

「妹妹說她很久以前就不痛了，你不要擔心她還在痛。」男人看看玖深的手，覺得不適合把東西給人，於是將塑膠袋塞給一邊的虞因。「她希望你也不要哭了，千萬不要因爲壞人哭。」

虞因看了眼袋子，裡面裝滿各種五顏六色的糖果，是那種便宜的硬糖，小孩花點銅板就可以買到一把，甚至還有懷舊的沙士糖。

痛痛的話，就吃一顆呀。

小女孩仰起頭，露出可愛的笑容。

是大哥哥說的。

「嗯？」虞因意外地看向玖深：「痛痛的話就吃一顆？」

「啊對，當年他說的。」男人露出猛然想起的表情，笑著點頭：「警察先生那個時候還很年輕，應該剛入行沒多久，他們要撤離前一晚我看到他抱了一大袋糖果，偷偷去拜妹妹，說很對不起她，因爲這個世界不太好，讓她被傷害了，所以他只能補償她喜歡的糖果，希望她在痛痛的時候吃一顆，這樣佛祖來帶她時，她就不會痛了。」

眞的喔，不會痛了。

女孩抓著父親的褲管，用力點頭。

「當年真是抱歉啊，讓你得到很不好的回憶，可是世界不好並不是好人的錯，沒啥好對不起。」男人摸摸青年的腦袋，然後拍拍肩膀。「一切都要怪那個畜生。」

還好畜生死了。

但世界上有更多讓人遺憾沒遭報應的畜生。

當然，男人不會直接這樣說出口，而是說道：「你們都盡力了。」

兩人與中年人寒暄一會兒，中年人就離開了。

玖深這些年多少也有探過女孩家庭的事情，知道凶手死後他們雖然悲傷一段時間，不過還是讓生活重回正軌，繼續認真過日子。

「回去吧？」

目送著中年人與女孩的背影消失在視線裡，虞因回頭問道：「先把貓送回幼溪村？」

黑貓叫了聲，跳下玖深的懷抱，在兩人腳邊繞了圈後，與白貓一前一後跳進草叢，很快就消失了。

「……貓貓們不是我帶出來的。」玖深雖然有點消沉，不過也重新打起精神。他早上來這裡時，黑貓不知道什麼時候跟上，直接跳到他膝蓋，隨即白色貓貓也出現了，兩隻貓貓陪他在這裡坐很久。

「呃，好。」虞因發現玖深似乎沒有察覺白貓的異常，於是決定不說了。

反正，青山娘娘不會有惡意吧！

回程時，玖深在後座剝開沙士糖包裝，塞進嘴裡，將腦袋輕輕靠在玻璃上，任由眼淚掉下來。

他需要一點時間。

再給他一點點時間。

總有一天，幻覺帶來的傷害和痛苦也可以慢慢修復的吧。

□

劉家與深井的事情小小地震驚了不少人。

當然，這是在整件事情不讓媒體大肆報導下才沒有造成震驚社會的結果。

畢竟吃人井和惡靈復活這種無科學根據的玄學範疇，被媒體當素材玩過之後可能會突變成地球要毀滅的大事件，到時恐怕會引起社會不安。

除了瀑布祭壇處起出許多屍體，劉家老宅後院地底也挖到幾具屍骨，可見這些年來他們一直進行各式各樣的「祭祀」，試圖用不同方法破解右井的封鎖，讓他們的「神靈」可以早日與劉家小孫子結合，正式成爲劉家的「家屬神」。

是的，後來才知道還有這種妄想。

他們年年抽血餵給右井的「軀殼」，是打算加強與劉家的血脈連繫，方便未來「神靈」可以更好地庇護劉家人，讓他們世世代代升官發大財。

右井被大師旅遊團掏空、並把爪子都燒光後，據說那晚有好幾個劉家老人原因不明突然吐血暴斃，接著祭壇水池撈出屍體，祭壇整個被砸開後，又死了好幾個青壯年，每個人的死相都很猙獰，活像是瞬間被抽乾精氣神，外表老了一、二十歲不止，全身蜷曲乾枯，有好幾個部位甚至焦黃且發出惡臭。

之後由大師團陸續傳來的一些古籍記載，搭配在幼溪村得到的村誌，以及最後在劉家翻出的家族記錄等，眞相逐一拼湊出來，模糊窺見了整件事情的起源。

算命仙師承的這個道觀百餘年前就已渡台，他們信奉的是自然養靈，一直以來都在深山裡建觀清修，但他們每隔一段時間會有人進行「行走」，大致上就是以雙腳觀測萬物百態及修行等等的活動。

百年前出世的女風水師帶著白貓青山開始「行走」，途經這塊土地時留意到當地人們有拜祭不明山靈的行爲。她仔細觀察，赫然發現這個山靈揹負數條冤魂，當地人竟然還將沾染鮮血人命的山靈稱作神明，產生信仰。

當地人們因爲向「神靈」祈求過各種願望，以至於這片被庇護的土地充滿因果，所有人或多或少都與山靈產生牽連，很難再對山靈造成威脅，更甚者將遭山靈掌控，無意識做了不少他們本身都不知道的事情。

——例如盜竊孩童獻祭山靈。

有些孩子被偷的人家認知遭到竄改，完全沒想起他們還有個孩子，或孩子失蹤的事。

這情況她曾書寫成信，告知觀裡。

但當年送信沒有如今這麼便利，一封信輾轉送回深山，需經過不算短的一段時間。

在此之前，女風水師已結合當地一些人士先打跑山靈，並在山靈想作惡時全力進行擊殺。

原以爲這般就可保護這方居民，沒想到女風水師卻也因爲這樣，自此失去蹤跡。

從劉家的記錄得知，女風水師擊殺山靈惹怒了劉家人，他們伏擊在山外對女風水師進行劫殺，然後把女風水師的屍體獻祭給瀕死的「神靈」。

可能是整片土地都與山靈有因果牽連，後來道觀的人途經此處，硬是沒有尋找到女風水師的下落。

數十年後，白貓青山已成了青山娘娘。

後世從劉家的記錄中可知，就連青山娘娘的事也有他們一份，當年屋子失火的罪魁禍首竟是劉家，目標是命格較爲特殊的嬰兒，那是最開始、被他們妄圖當成容器的選擇。沒想到事情被白貓破壞了，那戶人家後來相當小心，加上事情鬧大了村裡人格外注意，劉家再也沒有機會動手，直到孩子長大後命格有所變動，只能放棄。

劉家當時未曾想到會造就青山娘娘的供奉與信仰。

再次踏足這片土地的是帶著黑貓觀瀾的算命仙，並與葉家人產生交集。

算命仙一開始並不知道這片土地曾發生過的事，但他讀過關於風水師的記載，於是多花了點心思觀測這座村莊，還真的被他發現不對勁。

因此算命仙與葉家結盟，設下約定製作了一連串防備。

算命仙大概當時也沒想到他會走上先輩的後路——再一次被劉家半途劫殺。

原先劉家按老方法把他的屍體獻祭到瀑布祭壇，沒想到算命仙居然沒死透，趁其他人不在洞穴時，燃盡神魂性命刻了強大的法咒，把祭壇對外的影響控制在極低的狀態、爭取更多時間，隨後算命仙就被活活打死了。

接下來數十年，劉家不斷蒐羅各式祭品，作爲「食物」拋進瀑布水潭餵養「神靈」。

劉家不知道的是，「神靈」當年被女風水師打得差不多只剩一口氣，沒多久就死了，他們百年來用血肉餵養的並不全然都是「神靈」，而是死掉後的「山中某種存在」形成的惡靈，惡靈又招來了更不乾淨的東西，「許多存在」被逐漸增加的屍體和怨氣吸引而來，養蠱一般整個扭曲變形，到最後根本也不是他們原本的「神靈」了。

而這個「神靈」受算命仙布置所限，分別困在深井與水潭，長達一甲子無法行動。

「劉家恐怕自己都不知道餵了什麼東西出來。」

花了大半個月封鎖瀑布洞穴的大師們如此說道。「不妖不鬼，只是一大塊的惡念。」

祭壇那邊是如此。

右井底下的東西更不用說了。

藏匿在底下的劉萬福可能就是感覺到右井被突破的那天，他就會完全被龐大的不明物體吞噬，才急於想把玖深拉進去作爲交替。

劉萬福生前是壞種，每個人對他的印象就是純粹的壞，生來如此，沒有任何人教導他就會做壞事。

死後，它也只想要殺掉所有人。

因此度過漫長的時間後，它逐漸不畏懼那些爪子，從某些行爲可以看出劉萬福還保留些許獨立思考能力，開始與爪子有點鬥爭，接著它發現進村的玖深能提供恐懼及生人的能量餵食爪子，幫助爪子進一步逃離束縛。

大概就是那時候，劉萬福生出了要拿玖深當交替的念頭。

「當時玖深離開三合院只會有兩種結果，一是直接被吃掉變成「神」的宿體；二是劉萬福很可能打算把爪子和玖深一起吃掉，藉由玖深的軀體血洗整個村莊，或者說是去外面繼續殺人。」後來周震解釋。第一種就是被爪子這種純邪惡附體，第二種是被混合邪惡的劉萬福附體，但不管哪一種，都是打算去殺人或吃人。

後續阿柳的鑑識報告出爐，最初那件衣服上的血跡源於水潭裡的各個死者，劉萬福的金鎖片上則是沾有他父親——劉志明的血跡。

經過確認，劉志明的左拇指上有一道很小的舊疤痕，大概是當年把劉萬福推進深井時被金鎖片劃傷，不明原因疤痕留下至今。

劉家人陸續因爲各種緣故與涉案被逮捕。

然而關鍵的那個帶領劉家進行一連串祭祀、被劉家供奉的「大師」，不知所蹤。

□

「邪教。」

嚴司翻看著手上厚厚一疊檢驗報告。

「超大一個邪教。」

劉家事件給予基層們超級水深火熱的半個月，經手承辦的人員無不靠北一句舊時代家族的喪心病狂，以及爛攤子有多大。

光是爲洞穴水潭的屍體找到身分就是無敵麻煩的事，雖說在大家的協力下，很快就把所有死者的生前面貌以各種管道公布出去，但至今來認的不過寥寥幾人，幾十年前的死者家屬親友搞不好早都升天了，後代認不出來也很正常，大部分全都成爲「無名氏」。

「所以你爲什麼又跑來這裡。」黎子泓無言地看著上班時間又跑來他辦公室摸魚的某法醫。

此次事件發生在外縣市，雖然他們是相關受害者，但並非承辦，不過經手的學長們好心地時常同步進度給他，所以黎子泓算隨時能得到第一手情報。幼溪村的事件越往下挖，檯面下的眞相就越驚人，當然這些也已經是不可對外公布的情資了。

檢調單位的學長們下崗後都跑過幾次廟，大多會吐槽幾句瀑布祭壇眞的太陰了，有些身體比較不好的，出來當晚就生病，相當不科學。

「人道關懷。」嚴司癱在沙發上，隨手把檔案夾拋到桌面。

「……」黎子泓很懷疑地抬頭看向蜷在那邊的傢伙。

「好吧，玖深小弟電沒充滿，暫停使用中。」先去過鑑識辦公室的嚴司戳戳桌上的紙盒，半小時前他也送了一樣的盒子過去，小朋友雖然還是像以往一樣表現開心，但是沒有原先那麼有精神。

事件後，玖深上層主管原先要批他一段假期，但青年沒有接受，反而很快地收拾好心情，似乎一點異狀都沒有地繼續上班，鑑識作業也沒出現失誤。

但因爲沒表現出來，反而更讓人擔心。

所以這段時間玖深是被虞佟、虞夏直接認領回家。

他本來沒打算去住，但虞夏的拳頭可能比鬼可怕，青年秒乖乖收拾好行李去借住，通勤則是跟著虞家的人一起上下班。

「你知道劉家那夥人有多邪惡嗎。」嚴司拆開盒子，拿出裡面的甜鹹派，順便站起來幫兩人泡個茶水。「他們從老到小都不覺得有什麼問題，感覺集體中邪，不過據說他們本家也很不擇手段，他們這個分支搬到幼溪村，同樣沿用本家的種種髒手法起家。」

半個月以來，警方連續偵調劉家數十口人，不只幼溪村的老老少少、相關的村中勢力，與親戚派系，還有搬到外地的其他劉家人。

對於祭拜「神靈」一事，他們竟然都顯得理所當然，尤其是幼溪村的大家長劉志明，他甚至還想洗腦警方放他證明「神靈」的力量，大言不慚地直呼神就在我們身邊，隨時可以顯現神蹟，只要信徒奉獻血肉，甚至靈魂、軀殼，就會得到永生永世的庇蔭。

當然，還有數不盡的財富，他們在山裡的財富就是「神靈」帶給他們的，「神靈」指點迷津，令他們找到土壤種出的財寶，庇護他們百年繁華。

只要相信「神靈」，世間萬物垂手可得。

於是警方把他送精神鑑定了。

畢竟此人看起來真的很有事。

接著從劉家其餘人嘴裡加上找到的那些記錄，拼湊起劉家整個構成，發現內部竟然還有階級區分。他們長年浸染在這套體系裡，連去到外地的人都還有餘毒，基本上就是家族指東沒幾個人會往西，一旦反抗就「交由神處理」，他們後代之多，並不會因爲少了一、兩個而感到可惜，就如劉志明可以毫不猶豫直接把幼子推進井裡當作「神的容器」。

劉志明在偵訊過程中，對此舉竟然還很自豪。

神選上他的兒子作爲容器，是極爲榮耀的事情，也就此奠定他成爲家主的基石。

因此警方不得不猜測，瀑布水潭裡的屍體，很可能連劉家的成員都有。

越是深入了解這個家族，越是讓人覺得精神不正常。

偵辦宗教相關案件最棘手的部分也就在於此了。

「看來還會糾纏很長一段時間。」

嚴司切開紅豆麻糬派，不由得有點慶幸這顆燙手山芋是丟到別人手上。

黎子泓半認同半不認同，他其實還是想要自己調查整件事，包括毒品來源。劉家使用的毒物頗爲罕見，其中一種成分居然是從洞穴裡黑藤蔓的果實提煉出來。

藤蔓本身有毒，這點一開始阿柳就發現了，但藤蔓的果實若以特別手法煉製，竟然可以提煉出毒品材料這件事從來沒有人發現，此事震驚了隔壁的緝毒單位，據說連夜跑來很多緝毒隊的想要樣品和研究做登錄。

這種提煉後生成的原材料混合一些特定植物磨成粉，接著再把粉用火燃燒成煙，吸入後會產生幻覺和意識混亂，嚴重時會造成輕度精神崩潰，長久使用則會產生不可逆的病變。

精煉變成完全毒品後，泡成液體注入體內或服用，會讓症狀加重，幻覺呈現類催眠反應，屆時只要稍加暗示推動，就會成為聽話的傀儡；如果使用濃度過高，會造成嚴重神經損傷，甚至致死。

就像黎子泓與葉知岷的同學。

當年葉知岷的同學因為對右井好奇而做了簡單調查，陰錯陽差地在放置村誌的庫房看見相關資料，進而引來劉家的殺機。

這位同學的遺體也在事後交由家屬領回。

家屬來認屍時又給了他們一個意外的訊息——當年這同學的家人竟然被劉家脅迫，原本他們打算要死查孩子失蹤的事情到底，但遭到劉家警告後，周圍親友開始陸續出事……直到他們不得不妥協，按照劉家的意思與葉知岷等一干同學斷聯，悲痛地遠走他鄉。

找回屍體，並搞清楚當年究竟發生什麼事，對家屬來說雖然很悲痛，但內心多年無解的疑惑終於落定，他們再也不用擔心劉家，也可以把孩子帶回去了。

「你說，當年劉家去鳥不拉屎的山裡建勢力，真的只是因爲那點山產和田地嗎。」嚴司叉子一伸，直接叉走對面一口鹹派。

「須要問嗎。」黎子泓淡淡地回答。

劉家這種家族會派分支在那裡自建勢力，並且還有一眾任憑吩咐的村民圍繞，爲的是黑藤蔓，進一步說，是爲了毒品。可以從他們運用毒物自如這點來判斷，他們已經使用這些東西很久了，才清楚分量拿捏，以及如何用來控制人，恐怕當年風水師和算命仙這麼容易被劫殺，這些東西也是助力。

百年的劉家，以毒起家。

就不知道市面已經流通多少、去向何方，提煉的手法也是個問題。

「希望偵察單位可以徹底拔起這條毒根。」嚴司雖然這麼說，但也知道可能很難。搜查單位一開始就沒有在劉家搜出大批毒物，後來僅只找到一部分，這就表明他們主要煉製的地方不在幼溪村，半封閉的幼溪村更像是原料產地，他們狡詐地不在村內製作，而是把材料全都送出去，藉此讓很多人得到利益，進一步收攏成爲自己在村裡的勢力；至於成品，全在外地製作與運輸，牽連的勢力更多。幼溪村事件爆發後，外面恐怕已經有很多專人在掃尾了。

所以只能講講。

唯一讓人欣慰的是，經此一事，幼溪村劉家算是徹底崩了，到底有沒有邪祟出世不知道，反正該得到報應的都現正報應中；在活人的世界，警方破獲的則有一起大規模殺人案，以及發現並掃蕩一條新型毒品材料的產銷管道。

事件看似結束又尚未結束。

但，也是之後的事情了。

嚴司嚼著香甜的紅豆，舉起茶杯碰了碰對面的杯子。

「現在，大家先好好休息吧。」

「玖深不在嗎？」

虞夏提著紙袋，推開辦公室的門。

「剛剛去外面了。」正在寫報告的阿柳抬頭回答：「好像先前他在車隊交的朋友來找他，要叫他回來嗎？」

經過玖深辦公桌前，可以看見那裡有個長玻璃罐，裡面裝著半罐的糖果，有硬糖有軟糖有巧克力球等等……都是半月來同事們有意無意經過時就放點進去，致力不讓玻璃罐見底。

事件過後，辦公室裡的同僚們悄悄關懷受傷的同事，儘可能低調地給予安慰。

「不用，阿因送東西過來，大家一起吃吧。」虞夏把紙袋遞給對方，裡面是中午出爐的巴斯克蛋糕，近聞還有股香甜的焦糖味。接著他順勢從口袋掏了幾包糖果放進玻璃罐，小包裝的彩色金平糖看起來很療癒。

「他好像最近放假時會和車隊出去。」阿柳把大紙袋放到一邊桌上，有點擔憂。雖說那支車隊本來時不時就會把玖深拎出去逛街，不過最近頻率好像變高不少。

「嗯，去散心吧，轉移點注意力。」虞夏也知道這件事，畢竟其中一、兩次車隊那票人是直接跑來他家接人，聿還幫他們做了一堆宵夜。

嚴司找了幾位熟識的諮商心理師，然而玖深去的意願似乎不高，半個月來只去了一次，反而跟著車隊夜遊的次數更多些。

車隊那邊倒不用擔心，他們對玖深帶有善意，一太也會幫忙盯。

他們都不知道玖深到底看見什麼幻覺。

因而無從下手排解。

只能寄望青年能慢慢好起來。

相較於鑑識辦公室的沉默，樓下剛送走車隊朋友的玖深深深吸了口混合車煙的混濁都市空氣。

大家都很擔心他。

玖深揉揉臉，打起精神。

「玖深！」

回過頭，看見又兩個熟人。

葉知岷與周彥喆在車道對面，難得離開幼溪村的少年快樂地用力揮手，等燈號一換，兩人快步走過來。

「正好想打電話給你。」葉知岷笑了下，將手邊提袋先放到一邊的石墩上。「手好一點了嗎？」

「嗯。」抬起雙手，玖深朝兩人展示正反面。

離開幼溪村後，他的手傷恢復得很快，短短十多天的時間居然已經快痊癒了，大部分連疤都沒留下，可說速度驚人。

「葉阿公也上來玩了。」周彥喆說道。一輩子沒出過幼溪村的葉輝安終於點頭接受孩子們的邀請，會暫時在外地長住段時間，雖然老人家還是碎碎唸覺得村裡比較舒服，不過也不排斥去外地，目前適應良好。

昨天葉阿公被曾孫子們帶去電子遊樂場打電玩。

「等你們放假，大家一起出來吃一頓吧。」葉知岷說道：「葉家還有很多人想謝謝你們。」

漫長的右井一事終於得到解決，而帶頭促成這個契機的是個與葉家完全無關的人，因此葉家人更爲感激了，好幾位長輩恨不得把青年一行人帶回去好好招待。

「好哇。」玖深點點頭，還不知道未來會面臨大批長輩的關懷洗禮。

喵～

毛毛的觸感擦過小腿。

玖深低頭，看見黑貓仰起小腦袋，金色眼睛眨了眨。

「瀾瀾也上來玩了啊。」青年彎身抱起黑貓，「現在離開都沒關係了嗎。」

「對啊，沒關係了，周大師和道觀的人留了很多法器，說是過一陣子那個鬼東西最後的『氣』就會散掉，以後再也不會危害任何人。後來三合院的貓比較少了，都跑去青山娘娘廟那裡群聚。」周彥喆摸摸黑貓的頭，「葉阿公上來之後，聽鄰居說這幾天貓都沒去三合院了，鄰居們會幫忙把飯拿去青山娘娘那邊。」

可想而知，幼溪村的熱門景點將會改成青山娘娘廟的眾貓群聚。

「不過瀾瀾不用和那個道觀的人回去嗎？」玖深想到那群大師團有幾人身邊也帶貓，看起來都很聰明的樣子，感覺那裡是培養高智商貓貓的總基地。

「聽說是讓貓貓自己選，瀾瀾選擇繼續待在幼溪村。」周彥喆也不懂大師們怎麼讓貓選，不過半個月來他沒少看貓打架，尤其是那隻黑臉的暹羅貓，不知道爲什麼有點賤，常常跑去挑釁黑貓，然後被壓著打得喵喵叫。

「想想也是，瀾瀾的長輩應該也都埋在幼溪村吧。」玖深歪著頭思考，高智商貓貓會因懷念貓長輩而留在村裡嗎？

「欸～其實我沒看過。」周彥喆說到這件事情，也露出思考的表情，然後看著葉知岷。「瀾瀾雖說是第三代，不過一、二代好像都沒有埋墓。」

「沒聽說。」葉知岷搖搖頭。

「嗯，照理來說，至少觀瀾應該要埋在青山娘娘那邊，我們村內很多貓過世都是火化埋在青山娘娘附近的空地，可是觀瀾沒有喔。」少年回憶起那些年詢問過家長與村內長輩們的話。「據說一、二代察覺快死的時候就失蹤了，過好一陣子才有已經長大的下一代出現，所以大家都不知道觀瀾和二代的屍體在哪，好像也沒人看過一、二代的老婆？」

這也是幼溪村一個小小的謎團。

相隔二十多年，黑貓就會失蹤，然後其子再回來，如今已經第三代，金眼黑貓依舊行走在幼溪村。

「……結果不會其實都是同一隻吧。」玖深哈哈地笑道。

葉知岷與周彥喆沉默，瞬間看向某鑑識人員，兩人四隻眼，露出某種恍然大悟的神色。

被抱著的黑貓甩甩長尾巴，彎起金色眼睛。

玖深呆滯了。

「……假的吧？」

不可能吧！

《深井》完

附錄．日常三兩事

觀察中．其一

「別問：12」是一家營業時間越來越少、隨心所欲到快要被甜點迷砸門的宵夜店。

原因是老闆近期蒸發、行蹤成謎的時間越來越多，甜點愛好者們望著緊閉的店門搖頭嘆息。不過幸好老闆可能知道再這樣下去真的會在路上被蓋布袋拖走，奇蹟似地開放更多線上訂單名額，可以選擇宅配或到某餐廳領取甜點，或是向該餐廳購買不定時推出的限量甜點、套餐等等。

雖然有寄賣點可以一解相思，但愛好者們更擔心了，開始懷疑老闆是不是終於撐不住、疾病爆發到了幾乎無法見人的地步，爲此，自救群組還出現詭異的祈福儀式，大家時不時會上來打卡祈福，希望老闆可以恢復健康。

虞因看著神清氣爽，甚至因最近睡眠時間增加，臉色變得比較紅潤的老闆跑上樓，內心複雜，低頭望著手機不知該如何向群組說「你們老闆活得很健康，正在我們工作室擺爛」。

喔，也不是擺爛，他總覺得甜點老闆好像打開了什麼奇怪的開關，有時不睡覺沒做其他事也會在工作室裡轉來轉去，但大多時間還是在聿的工作間一起研究新配方，後來路過的楊德丞興致勃勃地與甜點老闆簽了一個比較隨意的合約，不時拿走甜點老闆的成果，並提供自家餐廳店面，讓線上愛好者來「取貨」。

「這是另一位做的？」

放假的阿柳盯著甜點櫃裡各式各樣精緻到不行的甜點與派，裡面有一個鹹派與一個彩色蛋糕，特別用不一樣的框圈起來。

「喔對，甜點店那位老闆特製的新口味，滿好吃的，鹹派餡料爆炸多，我推薦買個，不然去他自己的店要蹲半夜開門。」虞因一邊幫對方打包，一邊介紹兩種口味，果然快速推銷兩份出去，他順手切了旁邊的小蛋糕和麵包片遞給對方。

很習慣地接過盤子與冰飲，阿柳自行晃到一旁吃起來，因所處位置關係，正好看見走廊門方向有個高大男子端著長盤走進來，是那位甜點店老闆。

「聿叫我拿下來。」充當跑腿的甜點老闆盯著五顏六色的馬卡龍，他剛上去試吃了一波，連失敗品都沒放過，現在看著看著又想拿兩個。

「這盤包一半給我。」阿柳快速靠過來，第一時間打劫，「帶一點去給玖深，那傢伙昨天還對網路廣告嘆氣，說某家網購名店要排隊等很久，他一直在蹲等。」

「嗯？」甜點店老闆詢問了店家名字，連連搖頭。「信我，吃這個更好，不然我幫他做。」

在工作室混了一段時間後，他也認識了不少經常來店裡的人，眼前的阿柳是一個，經常眼睛閃亮地在點心櫃前流口水的玖深也是一個，玖深甚至還去過深夜的甜點店，喜孜孜地躲去後面的小空間吃宵夜。

雖然沒有共通話題，但甜點店老闆滿喜歡他們，尤其是吃得一臉滿足的那位鑑識，每次看著看著——就想多餵一點進去。

「那先謝謝你啦。」聽到甜點專家要開後門，阿柳當然立刻感謝，完全沒有任何想客氣的意思。開玩笑，客氣的人吃不到好料。「還好那傢伙最近終於精神好多了。」說到這點，也還要謝謝眼前的甜點老闆，其實他們與這位並不像和虞因等人一樣那麼熟，但前陣子玖深消沉的時候，對方聽聞這件事，特地連做好幾日不同的中西式點心來幫忙打氣，人非常好。

甚至某日提了兩隻烤鴨過來幫大家加菜，他們這才知道原來甜點老闆居然還做得一手厲害的脆皮烤鴨，可說極其用心，整個辦公室都在嚎叫以後吃不到如此高貴的烤鴨怎麼辦。

……還眞的不一定吃得到，因爲老闆本人愛好甜點，平日基本不做正餐類，這鴨是當年他被聘僱時，日日夜夜盯著人家頂級大廚製作、不知不覺學下來的，再加上一些他自己的理解改良，誤打誤撞成就了隱藏版之鴨。

後來在某個探討各種甜點配方的良辰吉日裡，甜點老闆把這道隱藏鴨無藏私地教給聿，主打一個有人做，他就可以爽爽點菜爽爽吃的概念。

「話說回來，爲什麼玖深去幼溪村沒告訴其他人？」甜點老闆從冰箱挖了冰沙出來，有點好奇地詢問。

上次的事雖然他有蹭到一點現場，但後續事情都是斷斷續續偶爾聊到兩句而已，他一直有點疑惑對方最開始的選擇，畢竟這些時日以他所見，這些人幾乎每次出門都是成群結黨，不然也是群組成堆。

「喔，這個啊。」身爲知情人士的阿柳嚼著蛋糕搖頭。「阿司先不說了，他超怕阿司會在那邊放飛。老大和佟在追查一宗案子很忙，他不想增加他們的麻煩，想說當作觀光先看看幼溪村了解一下底細；我的話，是因爲那陣子沒有假期可以請。阿因……嗯……」

「幹嘛啊！」虞因見對方用意味深長的目光掃過來，反射性開口。

阿柳想想，還是沒說當時玖深講的是「阿因他們一臉會出事我很害怕先不要」。

之後黎子泓正好來拿檢驗報告，聽見他們在聊這個，多問了兩句，意外地表示他那時放假，不介意的話可以一起走一趟。

因此才促成兩人一前一後前去幼溪村的行程。

當然，一太和阿方那兩人的意外出現就眞的是純屬湊熱鬧了。

「原來如此。」甜點老闆點點頭表示了解。如果沒有問，其實他原本認爲玖深是被某種東西「吸引」過去，畢竟對方平常是個極害怕不明事物的人，結果一反常態偷偷跑去，怎麼看都很像是被照片那句「我在等你」無意識招去。

「確實也有點那種感覺。」聽了老闆的想法，阿柳可以明白。綜觀整件事與陰險小鬼暴露的眞正最終目的，那句話說不定還眞的是衝著玖深而來，雖然難以理解那些不科學的事物爲什麼連玖深會看見照片、因爲照片前往幼溪村都算得那麼準。

「唔，不管到底是不是，總之事件解決了。」虞因嘆口氣，說道：「希望以後不要再遇到這種的了。」

不再遇到嗎？

甜點老闆看著兩位若有所思的青年，不知爲何，莫名感覺可能很難。

□

「咦？你今天沒睡啊？」

一大早，楊德丞打開工作室，發現偶爾會睡在走廊或休息間的謎之旅人正蹲在烤箱前。

「剛睡醒。」甜點老闆打了個哈欠，這兩天睡太多，開始進入新一輪睡短短突然就醒的循環。

「這是要給我帶走的嗎？」既然看到新東西了，楊德丞當然不能放過，反正甜點這種東西多多益善嘛，下午茶時間也是很需要的啊。

「呃……」甜點老闆頓了頓，瞄向剩餘材料，確認可以再開一爐後才點頭。「可以。」

自從與眼前的餐廳老闆合作之後，他感覺快樂多了，不用拚死拚活去開店，三代老店一個月開一次就很夠維持「老店面不要熄燈」這條件吧，剩下的交給別人去賣，自己躺著收錢多棒。

某甜點老闆沒有意識到自己正做出令某個潛在群組驚聲尖叫的決定。

旁邊的餐廳老闆就更不會意識到了，因爲他可以擴充午茶時段品項和特殊菜單，並收攏一批甜點迷，整個相當美好。

兩人在烤箱前又蹲了一會兒，期間楊德丞因爲看不過去工作室的公共區域有一些桌椅物件沒有擺放好，勞心勞力地隨手整理。

甜點老闆感覺這位餐廳老闆還滿有人夫味，會煮飯還會下意識做家務。

「你怎麼會沒有女朋友？男朋友？」

「……？」

拿著抹布的楊德丞看著突然就插別人一刀的甜點老闆，發現這個人是不是不太會說話，或是傳說中的天然黑。

「啊因爲你看起來很適合結婚。」甜點老闆想了想，補充描述：「是那種理想對象。」

「……」楊德丞覺得聽起來更不對勁了，並且默默地往後退兩步。「你也沒結婚，其他人也沒結婚。」爲什麼要變成拖人下水捅刀現場，他不懂，但不能只有自己中槍。

被這麼一回，甜點老闆認眞地思考，最後做出結論：「可能是你比較像正常人？」

……

要不要聽聽看你在說什麼？

楊德丞很想吐槽。

幸好發出提示聲的烤箱拯救了無言的餐廳老闆。

送走了拿著大包小包的楊德丞，甜點老闆把第二盤半成品推入烤箱。

這個時間其他人差不多要到工作室了，外面果然很快傳來停車和開門的聲響。

「哇好香喔。」虞因的聲音從樓下傳來，由遠至近靠在樓梯邊喊：「我們帶早餐來了喔！」

甜點老闆來住宿前多半會先通知，所以虞因三人知道店內有人，像這樣比較早來工作室的日子，也會順道或從家裡打包點食物過來投餵。

「今天是什麼？」看著從二樓探出腦袋的住客，虞因好奇詢問，他們一開門就聞到香氣。

「戚風蛋糕和栗茶和菓子。」甜點老闆報了名稱，隨後看見後頭走出來的聿，「還想做個焦糖布丁。」

聿立刻抬起頭。

兩人的配方和手法不同，做出來的味道當然也不同。

但不管怎麼說，布丁就是布丁，照舊是聿一天可以吃掉半桶然後被禁的美味食物之一。

虞因還沒說點什麼，外面就衝進來某員警。

「救命啊！」

大早還沒進警局的小伍大驚失色地衝進來，滿臉惶恐，活像看見比通緝犯還要驚人的事物。「求救！請支援甜點！或者支援其他美食！不然你們明天就看不到我了！」

「……你惹到女朋友了？」虞因看著唯一擁有女朋友這種稀奇生物的可惡員警，半瞇起眼睛，擺出看好戲的姿態。

小伍抱著害怕的自己，說出他真的會死的理由：「我前天晚上被急叩，說出現外縣市流竄過來的嫌犯，從家裡出門時不小心踢到東西，沒仔細看……」

因爲太匆忙了，小伍踢到地板吸塵器，沒想到吸塵器飛出去之後勾到他沒收拾的充電線，充電線拉扯勾到電線，然後不知道怎麼拉的，就這樣拉掉了冰箱電源。

反正等到他今天一早收到女朋友簡訊出現菜刀和微笑時，他就知道挫賽了，女友放在冰箱裡的點心和手作愛心餐基本都可以超渡輪迴，包括他這個男朋友可能也要一起遭超。

「下輩子記得好好當人。」虞因替對方默哀。

「各位大哥幫幫忙，我可以每年幫你們點光明燈。」小伍悲痛地努力發出求救。「救人一命勝於放人短命，我的壽命就拜託你們幫忙延長了！」

爲什麼是光明燈？

甜點老闆想不透，但並不妨礙他拿待會兒要出爐和做到一半的兩種甜點救人。

另外店內有常備的冷凍品，例如冰淇淋等物。

總之，最後小伍離開時是抱著好幾盒東西走的。

有沒有延長壽命呢，不太確定，但甜點老闆看他後來還是好好活著，應該是倖存了吧。

打了個哈欠，老闆朝其他兩人揮揮手。

「我去睡覺了。」

觀察中・其二

「別問：12」本月只營業了兩次。

群組繼續鬼哭神號，並且在兩次開門期間試圖送老闆一些補身體的東西，希望他大病初癒之後可以好好保重身體，多多開店。

甜點老闆看著推拒不掉的保健食品，有點迷惑，畢竟他大致上沒什麼危及生命的病，失眠例外。

於是他在這個月第三次睡不著時深夜開店，然後一路營業到凌晨，終於把最後一位客人送離。

「好，準備關……」

喵——

玻璃門的方向傳來細小的聲響。

甜點老闆從櫃台探出去，看見已經半降下的鐵捲門外有黑色的貓歪著小腦袋，用金色的眼睛看著店內，似乎很好奇的模樣。

「你是誰家的貓？」甜點老闆蹲下身，與店外黑貓對視，一降低視線才發現黑貓後頭還有隻黑臉的暹羅貓和純白的白貓。「……你們是哪來的啊？」

三隻貓看起來都很乾淨，尤其那隻白貓，純白到幾乎要發光的感覺，完全不像流浪貓。

甜點老闆擔心貓太好看會被路人抱走，先把玻璃門打開，三隻貓於是依序走進，他也順手拍個照片放網路社群看看有沒有人家的貓咪走失。

一回頭，就看見貓咪們已經很乖巧地自動在小桌上排排坐，模樣非常有趣，甜點老闆反射性就拿著手機對貓咪們多拍了幾張寫眞。「餓了嗎？」雖然不知道爲什麼貓咪會大半夜來敲門，不過看起來不像吃飽飽的模樣。

貓咪們齊齊歪頭。

甜點老闆被萌了一臉，又拍了幾張照才去廚房做貓飯和切水果，貓咪們眞的非常乖巧地在原地等待，並沒有爆破店面，他離開前牠們是什麼姿勢，端著貓飯回來時牠們就還是什麼姿勢。

把客人放的桌子拼起來，老闆放置好貓飯與水果，貓咪們以白貓爲首，立即開動享用，三隻貓吃得眼睛都瞇起，看來相當滿意。

快天亮時，和貓咪們大眼瞪小眼的甜點老闆終於迎來……迎來熟人。

「啊，貓眞的在這裡。」虞因敲開關店狀態的甜點店，看見三張貓臉同步轉過來看他。

「好久不見啊三位。」

喵——

「熟人的嗎？」甜點老闆見三隻貓對虞因都有反應，看來眞的是認識的貓。

「應該說是認識的朋友們的夥伴吧。」虞因天沒亮就接到電話把他從床上挖起，道觀的年輕人非常玄幻地說自己算了一卦，要他去把貓接回來，他整個迷茫，結果打開手機一看，正好看見走失貓消息的推送，黑貓與暹羅貓雙雙面對鏡頭的照片有夠酷，即使是凌晨，下方也一堆人留言吶喊「貓貓和我回家」。

然後背景還是眼熟的甜點店。

這也就是清晨虞因出現在甜點店的原因了。

「先把牠們帶去工作室吧，晚點會有人來接。」虞因和葉知岷、道觀的年輕人約好時間，朝貓咪們招招手。

「等等我也一起去。」既然說到工作室，甜點老闆直覺就是跟上睡覺。打包好店內預留的點心並稍作收拾，他與三隻貓跳上虞因開來的車，在天色發亮時前往工作室。

三隻貓明顯不是第一次來工作室玩耍，一開門便各自奔向喜歡的座位而去。

「我睡一覺。」甜點老闆到達工作室後，似有若無的淡淡香氣召喚出他的瞌睡蟲，本來還沒睡意，現在開始打哈欠了。

□

再度清醒時，工作室已經很熱鬧。

下午約莫兩點多，這時段會有一些客戶前來取件順便買點吃的，偶爾還會有巡邏員警來聊兩句塡個肚子，或是誰的朋友跑來玩耍。

「早安。」

抱著黑貓的少年發現高大的男性站在走廊，友善地打招呼。

「你醒了啊。」虞因向對方揮揮手，然後介紹訪客：「周彥喆。」另外一個來幫道觀年輕人提領暹羅貓的是周震，這個見過了就不用特別介紹。

「青山、觀瀾、雲渺。」依序介紹三隻貓咪。

「好文雅的名字。」甜點老闆對著三貓，莫名覺得這些名字實在都很不像貓名，但這樣一介紹，他就知道這些是在幼溪村事件中的貓咪們了，難怪虞因會大清早來領貓。

「貌似都是走這種風格。」虞因也不曉得為什麼他們的貓都用這種命名，但某人家中的雞肉乾、小魚乾聽起來似乎也怪怪就是。

「嗯……等等……？」青山不是貓神嗎？青山娘娘？

甜點老闆疑惑地看著舔爪子的白貓，注意到視線，白貓優美的綠眼睛與他對上，發出高雅的一聲喵。

呃，這麼立體的貓，應該是另隻活的重名貓吧？

「你跟著亂跑什麼。」按著暹羅貓的腦袋，周震與這隻明顯超年輕的現代貓大眼瞪小眼。「人家有神通你有嗎！」

暹羅貓對著周震咧牙哈一下，一尾巴甩在人類的手腕，然後跳到黑貓旁邊。可能是被揍了一段時間，現在暹羅貓看起來就像個小弟，跟在大貓身邊為非作歹。

「對了，知岷哥要我拿這個給大家。」周彥喆從背包裡拿出一疊招待券，「之前的密室調整了，知岷哥和他朋友講完井的眞相後，密室故事與機關修改過，這是邀請大家有空再去玩喔，等等要去玖深哥那邊送。」

……

……

虞因看著男孩，「還是別送吧。」會讓人身心打擊加大。

「喔，玖深哥的是餐券，有中部這邊密室的餐廳，可以在那裡換招待餐。」當然知道玖深對井和密室的介意，周彥喆看著葉知岷放了一堆餐點券在玖深那份。

「那就好。」虞因點點頭。

甜點老闆沒想到也意外地收到一份密室招待券。「謝謝。」

比起上一次，葉知岷這次準備的更多了，簡直下血本，可能詢問過他們這群人大致的親友團，仔細一算，幾乎認識的人都可以發一份。

「咦？今天好多人喔。」提著水煎包進來的林致淵有點意外，先前在這邊曾見過周彥喆和貓咪們，於是很熟悉地先打過招呼。

甜點老闆接過熱騰騰的水煎包站到吧台後，順手幫聿一起準備茶水。

「阿喆好像越來越常跑上來玩了啊。」虞因看著一樣很常跟著跑來的貓咪們，認真思考這樣幼溪村沒關係嗎？青山娘娘不時跑路觀光？

「畢竟阿公在這裡嘛，我媽很放心我過來，要我多多熟悉外地。」周彥喆在老人被孩子們迎到大都市生活後也時常放假便跑上來玩，因此葉知岷專程幫他準備了房間，方便他隨到隨住，可能大學時就會考過來這邊了。

幼溪村事件解決後，村裡大概空掉三分之一的人吧，劉家被逮出去不說，運送、使用黑藤蔓和毒物的共犯也都被帶走。

雖然可能很快就會被釋放，但在那之前，幼溪村本地人多少聽了井與葉劉兩家的糾葛結局，大多人也陸續準備往外搬了，整個村子一時之間蕭條不少。

周彥喆一家也如此，約莫再過兩年，男孩的父母在葉家協助下會整個搬出來，大家都不想繼續待在詭異的「山神」土地了。雖說有大師們清理過，但誰知道以後會怎樣呢？死了那麼多人，怨氣一定很重，萬一沒有清乾淨，或者被怪東西殘留力量影響的地方還有更多呢？

站在一旁聽著的甜點老闆心裡隱隱有點預感，恐怕未來的某一天，當幼溪村老一輩都走掉後，整個幼溪村會慢慢成爲廢村吧。

說不定要找機會快點去觀光一遊。

稍晚一點，一太等人好像嗅到了喜歡的點心氣味，又陸續來了好一批人。

最後人數太多，直接決定去楊德丞的餐廳聚餐了。

「你不去嗎？」

收店時，虞因有點意外地看著甜點老闆。

老闆搖搖頭，「我睡覺，你們玩得開心點。」說完，還打個哈欠。

「好喔，不勉強。」

送走大隊人馬，甜點老闆熟悉地把店門鎖好，一回頭，看見白貓居然留下來了。

想想大概是某種他不知道的原因，這隻貓咪沒打算去人多的地方。

姿態優雅的白貓甩甩尾巴，好像在跟老闆說不用在意牠，要睡就睡你的。

莫名地，甜點老闆的睡意眞的越來越濃了，比起這陣子都還要濃烈，好像閉上眼睛就可以隨時睡到飽。

「那我先去睡囉。」忍著強烈睡意幫貓咪弄好水果和貓飯，老闆才揮揮手。

「喵～」白貓歪著腦袋，細細地叫了聲。

「今天也是和平的一天，晚安。」

「喵～」

〈日常三兩事·觀察中篇〉完

案簿錄的四格小劇場

腳本／護玄
繪／Roo

出行前

防堵無效

當時

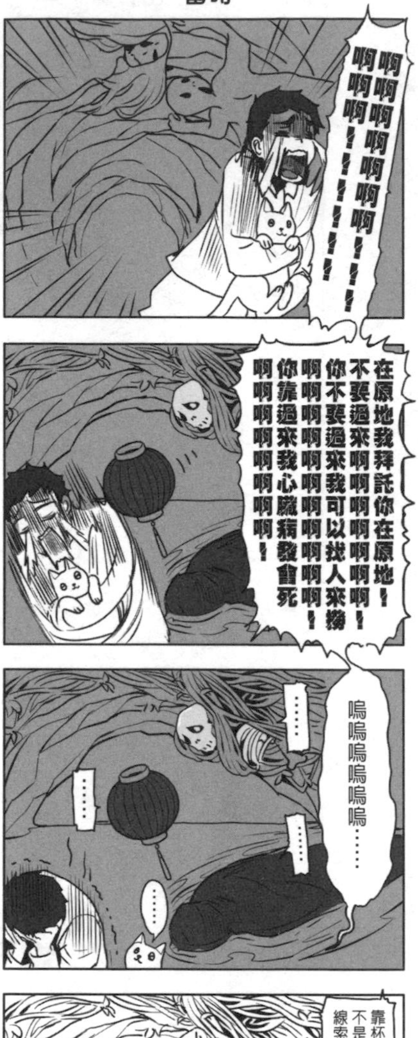

當時大家都很慌張

喵喵喵

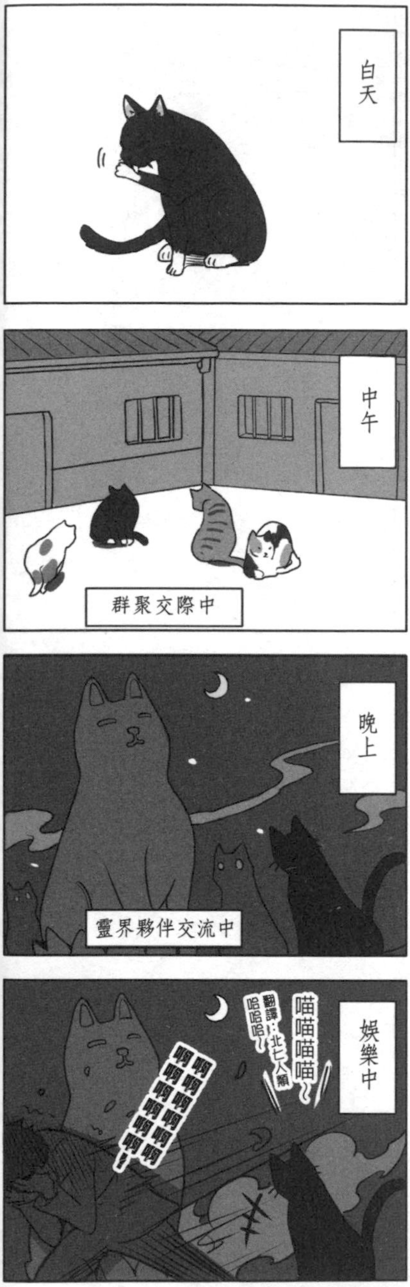

一天就這樣過了

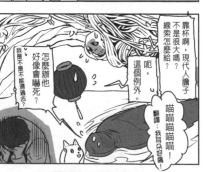

受害者

計算本次損失的法器與耗材中。
@！＃＄！%＄＃
？
靠啊我珍藏的法器這次差點用光！很貴啊靠！
天運註定還不能叫他們賠！
沒辦法，命裡總是會遇到一次。
不會經常這樣的。
不不不你聽我說，那群死孩子越來越超過了，以前還只是狂用淨水，但他們會進化！一直在進化！每次遇到都是天運註定必須行事！我快被他們搞窮了！沒遇到你還不會信，他們這次玩密室差點誤踩一甲子形成的BOSS，你一輩子會遇到幾次這種事情你說，我懷疑他們接下來——
會打開地獄大門！
馬的我只是個不專業兼差啊!!
應該不會吧☺

不一定喔？

事後

準備離開幼溪村。
哇，這次好危險喔。
嗯。
不過嚴大哥到底是怎麼知道的呢？
突然就出現在醫院。
你猜啊～
你們這些排擠人的小負心漢。
解答：醫院通報
嗯？
有個叫××的是不是你那邊的小朋友？

認識的醫院喔☻

國家圖書館出版品預行編目資料

深井：案簿錄．浮生. 卷六／護玄 著.
——初版.——台北市：蓋亞文化，2024.06
面；公分.——（悅讀館；RE407）

ISBN 978-626-384-098-0（平裝）

863.57　　113005526

悅讀館　RE407

深井 案簿錄．浮生 卷六

作　　者　護玄
插　　畫　AKRU
四格漫畫　Roo
封面設計　莊謹銘
主　　編　黃致雲
總 編 輯　沈育如
發 行 人　陳常智
出 版 社　蓋亞文化有限公司
地址：台北市103承德路二段75巷35號1樓
電話：02-2558-5438　傳眞：02-2558-5439
電子信箱：gaea@gaeabooks.com.tw
投稿信箱：editor@gaeabooks.com.tw
郵撥帳號　19769541　戶名：蓋亞文化有限公司
法律顧問　宇達經貿法律事務所
總 經 銷　聯合發行股份有限公司
地址：新北市新店區寶橋路二三五巷六弄六號二樓
電話：02-2917-8022　傳眞：02-2915-6275
港澳地區　一代匯集
地址：九龍旺角塘尾道64號龍駒企業大廈10樓B&D室
電話：+852-2783-8102　傳眞：+852-2396-0050
初版一刷　2024年06月
定　　價　新台幣 320 元
Published and printed in Taiwan

ISBN 978-626-384-098-0

Gaea

Gaea